SÉLECTION PAR LE VIDE

BUFFY CONTRE LES VAMPIRES
AU FLEUVE NOIR

1. *La Moisson*
Richie Tankersley Cusick
2. *La pluie d'Halloween*
Christopher Golden et Nancy Holder
3. *La Lune des Coyotes*
John Vornholt
4. *Répétition Mortelle*
Arthur Byron Cover
5. *La Piste des Guerriers*
Christopher Golden et Nancy Holder
6. *Les Chroniques d'Angel I*
Nancy Holder
7. *Les Chroniques d'Angel II*
par Richie Tankersley
8. *La Chasse Sauvage*
par Christopher Golden et Nancy Holder
9. *Les Métamorphoses d'Alex I*
par Keith R.A. DeCandido
10. *Retour au Chaos*
par Craig Shaw Gardner
11. *Danse de Mort*
par Laura Anne Gilman et Josepha Sherman
12. *Les Chroniques d'Angel III*
Nancy Holder
13. *Loin de Sunnydale*
Christopher Golden et Nancy Holder
14. *Le royaume du mal*
Christopher Golden et Nancy Holder
15. *Les Fils de l'Entropie*
Christopher Golden et Nancy Holder
16. *Sélection par le vide*
Mel Odom
17. *Le miroir des ténèbres* (février 2001)
Diana G. Gallagher
18. *Pouvoir de persuasion* (mars 2001)
Elizabeth Massie

Buffy
CONTRE LES VAMPIRES

MEL ODOM

SÉLECTION PAR LE VIDE

D'après la série télévisée créée par Joss Whedon.

FLEUVE NOIR

Titre original :
Unnatural Selection

Traduit de l'américain par
Serge Lefaure

Collection dirigée par
Patrice Duvic

ISBN : 2-265-07069-6

CHAPITRE PREMIER

Un coup sourd résonna dans la vaste demeure de style victorien des Campbell. Surprise, Willow Rosenberg leva les yeux du texte médiéval qu'elle était en train de lire et inspecta la salle de séjour, meublée dans le style des années 40.

Les bruits étranges que l'on entend dans les maisons… Ce serait un bon article pour la revue Maisons et Jardins Surnaturels, songea-t-elle.

Elle se sentit coupable de se moquer des Campbell. Ce n'était pas leur faute si des bruits l'effrayaient alors qu'elle était chez eux pour faire du baby-sitting. Ce n'était pas non plus leur faute si sa vie avait basculé dans l'étrange et si, désormais, elle se méfiait de tout.

Son premier réflexe avait été de ramasser son sac au lieu de prendre le téléphone portable posé à côté d'elle. Elle savait d'expérience que le pieu en bois qui s'y trouvait lui offrait davantage de chances de vaincre les créatures des ténèbres qu'un appel à Police-Secours.

Car à Sunnydale, la ville située au-dessus de la

Bouche de l'Enfer, rien d'horrible n'était impossible. Et, la plupart du temps, la police était totalement impuissante.

Willow regarda par la grande fenêtre de la salle de séjour qui s'ouvrait sur le jardin, éclairé par une lune blafarde, où s'épanouissaient de grosses fleurs jaunes et blanches.

Est-ce que quelque chose a bougé, là-bas ? Et si quelque chose a bougé, réussirais-je à le voir ? Et surtout, cette chose réussirait-elle à me voir, moi ?

Les arbres se balançaient doucement, caressés par une brise légère, mais aucun mouvement ne lui sembla suspect.

Willow soupira, puis reposa le pieu qu'elle serrait dans sa main.

Allons, du calme, se dit-elle. *Je suis fatiguée, c'est tout. Ce n'est pas parce que ma meilleure amie fait un travail vraiment spécial que je dois toujours envisager le pire !*

Pour se rassurer, Willow monta voir le bébé qu'elle gardait. La lampe en forme de clown enveloppait Tad Campbell d'une douce lueur. Il avait huit mois, des cheveux blonds bouclés. Il dormait paisiblement, son petit poing serré contre sa bouche.

Quel amour ! pensa Willow, attendrie.

Elle regagna le rez-de-chaussée et rouvrit son livre illustré de dessins d'instruments de torture médiévaux accompagnés de descriptions très détaillées sur la manière dont on les utilisait.

Ce n'est pas vraiment ce qu'il faut lire pour faire de beaux rêves, pensa-t-elle en prenant une gorgée de soda. Elle faillit avaler de travers lorsque le bruit sourd retentit de nouveau. Cette fois, elle était certaine qu'il venait d'en haut.

Pas de panique. C'est peut-être un chat qui se promène sur le toit. Ou une branche qui tape sur une fenêtre. A moins que ce ne soit autre chose...

A cette pensée, la panique la menaça.

Les choses maléfiques grandissent... Lorsqu'elles ont leur lot de victimes...

Willow reposa son livre et alluma l'interphone qui la reliait à la chambre du bébé. Le silence régnait. Tad dormait toujours profondément.

Trop nerveuse pour rester assise, elle monta vérifier une nouvelle fois que le bébé allait bien. Il n'avait pas bougé.

De retour en bas, Willow prit le portable et appela Buffy.

Je t'en prie, réponds-moi ! implora-t-elle. *Pourvu que les vampires soient restés sagement au fond de leur tombe ce soir !*

Elle fit les cent pas en attendant que son amie décroche.

— Allô ?

— Oh, bonjour madame Summers, dit Willow en reconnaissant la mère de Buffy, c'est Willow à l'appareil. Est-ce que Buffy est là ?

— Désolée, mais elle est sortie.

Oh non, c'est impossible ! pensa la jeune fille. *Allons, respirons profondément et calmons-nous.*

— Savez-vous quand elle doit rentrer ?

— Non, elle ne m'a rien dit.

Au ton de Mme Summers, Willow comprit que Buffy était allée remplir ses devoirs de Tueuse. Des devoirs que Mme Summers connaissait, mais qu'elle acceptait mal.

Elle doit redouter que Buffy ne rencontre un jour un vampire un tout petit peu trop rapide et qu'elle ne rentre jamais... Ou qu'elle rentre avec un œil au beurre noir, une lèvre enflée et l'interdiction de manger des trucs solides pendant plusieurs jours...

Willow s'en voulait de ne pas avoir accompagné Buffy, mais son amie préférait généralement faire cavalier seul contre les vampires.

— Willow, tout va bien ? demanda Mme Summers.

— Oui, oui. Tout à fait bien, merci.

Si elle alertait Mme Summers, Buffy, après avoir passé la nuit à tuer des buveurs de sang, serait obligée de venir chez les Campbell, simplement parce que Willow avait trop d'imagination.

— En fait, je... J'appelais juste pour... euh... demander à Buffy quand elle voulait que... que je l'aide à réviser.

Cette explication tenait debout. Buffy avait parfois de mauvaises notes à cause de ses activités extrascolaires...

— Je lui dirai que tu as téléphoné.

— Non, ce n'est pas la peine, madame Summers. Je vous remercie, je lui en parlerai demain. Au revoir.

En espérant que je serai encore vivante, demain...

Willow frissonna.

Alex dirait que mon sixième sens essaie de me prévenir, pensa-t-elle.

A l'horloge du magnétoscope, il était 21 heures 28. Les Campbell devaient rentrer vers vingt-trois heures. Et tous les mauvais films d'horreur que

Willow avait vus avec Alex, ceux où la baby-sitter se fait systématiquement assassiner, lui revenaient en mémoire.

Willow décida d'appeler Oz. Il arrivait toujours à la rassurer, même s'il se transformait de temps en temps en loup-garou. Il répétait avec son groupe ce soir-là, mais elle savait qu'il accepterait de lui parler.

Comme elle composait son numéro, le bruit sourd résonna de nouveau.

Buffy Summers marchait d'un pas prudent dans les ténèbres, vêtue de ses vêtements de la nuit : un pantalon et des bottes noirs, ainsi qu'une chemise large sur un tee-shirt noir échancré. Son sac à dos contenait l'équipement dont elle avait besoin pour sa mission.

Elle inspectait avec précaution le parc qui l'entourait, car ses perceptions, plus développées que celles d'une personne ordinaire, ne la mettaient pas pour autant à l'abri d'un instant de déconcentration. Et dans son travail, on pouvait en mourir…

Elle faisait aussi peu de bruit qu'un courant d'air dans un mausolée.

Hélas, la personne qui l'accompagnait n'était pas aussi discrète. Rupert Giles, bibliothécaire au lycée de Sunnydale, était aussi son Observateur. Bien qu'il eût suivi une formation spéciale afin d'entraîner sa protégée, il ne possédait pas ses facultés physiques exceptionnelles. Quand il marcha sur une brindille, le bruit aurait pu réveiller les morts.

Ou, en ce qui nous concerne, les morts-vivants, pensa Buffy en se retournant pour vérifier qu'il s'agissait bien d'une maladresse et non d'une attaque.

— Désolé, murmura Giles. Marcher dans ces ténèbres est une torture.

— Ouais, eh bien, vous allez voir à quel type de torture on aura droit si vous ne marchez pas d'un pas un peu plus léger, Pathfinder[1] !

Malgré la mission dangereuse qu'ils devaient accomplir, Giles sourit.

— Je vois que tu connais bien la littérature de ton pays. Mais j'ignorais que tu étudiais en classe les aventures de Natty Bumppo. J'ai du mal à t'imaginer en train de lire les romans de James Fenimore Cooper.

— En cours de rattrapage, seulement... précisa Buffy. Ils me sont devenus très familiers depuis que je me suis plantée à la dernière interro...

— Je croyais que tu avais révisé ?

— J'ai essayé. Mais les révisions sont tombées au moment où des vampires fans de rock débarquaient du Tennessee à la recherche de souvenirs d'Elvis !

Et ça n'a vraiment pas été une semaine de tout repos, pensa-t-elle en son for intérieur.

— Ils ont réussi à tuer trois personnes avant que je ne les débusque, ajouta Buffy tout en se penchant sous les branches basses d'un chêne pour retrouver la piste qu'elle suivait. Je manque de temps pour massacrer des vampires et étudier.

— Je ne cherchais pas à te faire la morale.

— Ne vous inquiétez pas, Giles. Les cours de rattrapage m'ont permis de remonter ma moyenne.

— En tout cas, si je peux t'aider, dis-le-moi. J'ai toujours été captivé par les histoires de James Fenimore Cooper.

Captivé ? pensa Buffy en souriant.

Elle se concentra à nouveau sur les traces presque invisibles pour un œil non exercé.

— Merci Giles, mais pour le moment, tout se joue entre Cliff et moi.

— Cliff ? répéta-t-il, une nuance d'étonnement dans la voix.

— Les Cliff Notes, précisa Buffy, ces petits livres où l'on trouve des analyses de romans. Ils m'ont permis de réussir l'interro de rattrapage.

— Je vois. Tu as été très occupée, dernièrement.

— Je suis toujours très occupée, Giles. Mais c'est encore pire depuis peu.

Un craquement sur la gauche attira son attention, mais Buffy ne s'arrêta pas pour autant. La nuit était pleine de chasseurs. Elle n'était que l'un d'entre eux.

Et seuls les meilleurs survivent.

— As-tu découvert pourquoi les vampires s'intéressent autant à ce parc ? demanda Giles qui accompagnait Buffy pour l'aider à résoudre cette affaire.

— Non, et je n'ai pas non plus découvert comment régler le problème entre Willow et Cordélia pour le Bal de Printemps qui doit avoir lieu vendredi prochain.

C'est plus facile de planter des pieux dans le cœur des vampires et sûrement moins dangereux que de faire face à Willow et Cordélia réunies ! pensa Buffy.

Un nouveau craquement retentit sur sa gauche.

Ce vampire n'est pas très grand, mais corpulent, conclut-elle.

Buffy continua cependant à avancer. Parfois, lors d'une traque, la chasseuse a intérêt à faire semblant d'être la proie.

C'est Giles qui m'a appris ça. A moins que ce ne soit Angel ?

— Je ne savais pas qu'il y avait un problème entre elles, s'étonna Giles.

— Eh bien, vous n'y voyez pas très clair ! Willow fait un tel ramdam pour éviter que Gallivan n'achète le parc et y construise un centre de loisirs que le bal que Cordélia y organise risque d'être annulé. Elles veulent toutes les deux mon aide, mais je ne sais pas quoi faire.

Il y a plusieurs vampires, comprit Buffy en entendant les craquements s'amplifier. *Les choses deviennent enfin intéressantes.*

Malgré la peur, elle sentait l'excitation monter en elle. Elle glissa sa main dans son sac à dos et en sortit son arbalète.

Allez, venez, je vous attends...

Elle sentait qu'ils l'observaient. Même sans ses perceptions développées de Tueuse, elle l'aurait senti. Leurs regards étaient aussi appuyés que ceux d'un garçon de douze ans qui vient de réaliser que les filles sont intéressantes.

Buffy agrippa brusquement Giles par le revers de sa veste et l'écarta du chemin au moment où le premier vampire chargeait. Elle l'esquiva de justesse puis roula sur elle-même, évitant l'attaque d'un deuxième vampire qui lui souffla son haleine fétide au visage et passa ses griffes dans ses cheveux. Alors elle se redressa, épaula son arbalète et tira.

Le carreau finit sa course dans le cœur mort du vampire qui poussa un cri menaçant avant de s'effondrer sur le sol et de se réduire en cendres.

Buffy n'eut pas le temps de célébrer sa victoire. D'autres vampires surgirent d'un bosquet et se précipitèrent vers elle.

— Courez ! ordonna-t-elle à Giles.

— Allô, Oz ? C'est Willow.

A l'autre bout de la ligne résonnait un brouhaha de conversations mêlé de quelques notes de guitare discordantes et du rythme hésitant d'une batterie. Les répétitions du groupe d'Oz n'étaient pas toujours très structurées.

— Salut ! lança Oz.

Mon Dieu, un seul mot de lui et je me sens mieux !

— Comment se passe la répétition ? demanda Willow.

— Bien, répondit Oz, aussi peu expansif qu'à son habitude. Et toi, de ton côté, tout va bien ?

Il devine toujours quand j'ai besoin d'une oreille attentive, nota Willow, soulagée.

— Je crois que je suis un peu sur les nerfs.

— A cause du baby-sitting ? Tu m'as dit que tu en avais déjà fait chez les Campbell…

Willow sourit. Oz se souvenait de tout, contrairement à la plupart des garçons qui écoutaient d'une oreille distraite ce que leur disaient les filles.

— Oui, il y a longtemps. Je m'étais occupée du frère de Tad, Bobby. Il dort chez un copain ce soir.

— Tad te pose des problèmes ?

— Oh non, il est adorable. Je lui ai donné son biberon, je l'ai changé et il s'est endormi tranquillement.

— Et est-ce que tu as pu parler avec M. Campbell ?

— Non, il était très pressé ce soir.

Willow avait été très heureuse qu'on lui demande de garder Tad Campbell après que la baby-sitter habituelle se fut décommandée. C'était l'occasion de convaincre M. Campbell de s'opposer au projet qui permettrait à la société Gallivan de raser le parc de Weatherly.

— Ne te décourage pas, lui conseilla Oz.

— Il n'y a pas de risque ! Le parc de Weatherly me rappelle de trop bons souvenirs pour que je m'arrête là. Je ne veux pas qu'il soit rasé, même pour qu'on y construise un centre de loisirs. Des centres de loisirs, il y en a des centaines. Mais le parc, lui, est unique !

— Je sais. Ne quitte pas Willow, on m'appelle... Oui, deux secondes, j'arrive !

— Tu dois partir ?

— On pensait aller manger une pizza quelque part, mais si tu veux que je vienne...

— Non, non, ce n'est pas la peine.

Je ne vais pas lui demander de venir tant que je ne serai pas certaine qu'il se passe quelque chose d'anormal dans cette maison.

La jeune fille fixa l'interphone, irritée de ne pas découvrir pourquoi il l'inquiétait à ce point.

— Je… je crois que j'avais juste envie de te parler…

— Ça me fait toujours plaisir de t'entendre, lui assura Oz.

Willow sourit. Oz avait le pouvoir de chasser sa peur.

— Va dîner avec les autres, on se rappellera plus tard.

— Tu ne veux pas que je vienne, tu es sûre ?

— Certaine ! A plus tard, Oz. Je t'embrasse.

Willow raccrocha et s'approcha de la fenêtre, songeuse.

Buffy est quelque part dehors, en train de remplir sa mission. Le moins que je puisse faire, c'est de remplir la mienne : veiller sur Tad et essayer de convaincre M. Campbell…

Malgré le gros pull qu'elle portait, Willow frissonna. Elle retourna s'asseoir sur le divan et essaya de s'intéresser de nouveau à son livre, mais sans succès. Ses célèbres facultés de concentration étaient mises en échec.

Par la peur.

Son attention se reporta sur l'interphone, toujours silencieux. Alors elle essaya de se détendre.

Elle sirotait son soda de moins en moins gazeux quand elle comprit subitement ce qui l'inquiétait.

Elle n'entendait *rien*. Le bébé ne faisait aucun bruit, elle ne percevait même pas sa respiration. Et ce n'était pas normal.

Elle prit le portable et se précipita vers l'escalier, l'estomac noué par la peur.

L'image d'une fenêtre ouverte à côté du lit de Tad se forma dans son esprit.

Terrorisée, Willow composa à nouveau le numéro d'Oz. La première sonnerie retentit alors qu'elle montait les premières marches.

C'est alors que la maison fut brusquement plongée dans le noir.

CHAPITRE II

Tout en courant, Buffy rechargea son arbalète. *Ça, c'est ce que j'appelle de la dextérité !* se félicita-t-elle.

Elle tourna la tête : six vampires les poursuivaient. Et ils gagnaient du terrain…

— Quelle direction ? demanda Giles, à bout de souffle.

Ils arrivaient dans une clairière occupée par d'énormes bulldozers.

— Là-dessous, vite ! cria Buffy.

L'Observateur se glissa maladroitement sous le bulldozer le plus proche.

Je n'aurais jamais dû le laisser m'accompagner, se reprocha Buffy. *Je savais que la forêt grouillait de vampires et que nous devrions combattre.*

— Et maintenant ? interrogea-t-il.

— Maintenant, rendez-moi service : restez ici et ne vous mêlez de rien.

Ils savaient tous deux qu'elle était bien meilleure que lui au combat. C'était pour ça qu'elle était la Tueuse et lui l'Observateur. Les Observateurs observent et les Tueuses tuent. Et il était parfaitement placé pour remplir son rôle.

Sans ralentir sa course, Buffy bondit et, d'un saut périlleux arrière, se propulsa sur le capot d'un bulldozer, faisant face aux vampires qui approchaient.

Celle qui menait la meute avait été une femme d'une soixantaine d'années avant de revenir d'entre les morts. Ses cheveux gris ébouriffés étaient la preuve qu'une permanente ratée pouvait être une malédiction éternelle. Ses griffes jaunâtres brillaient sous la lune et un filet de salive luisait au coin de ses lèvres.

Buffy banda son arbalète et lui décocha un carreau en plein cœur. Stoppée net dans son élan, la créature explosa en un nuage de poussière translucide que la meute traversa sans sourciller.

La Tueuse posa alors son arme. Elle avait à peine sorti des pieux affûtés de son sac à dos que deux vampires sautèrent sur le bulldozer. L'un d'entre eux atterrit devant elle, tandis que l'autre retombait sur la cabine du conducteur.

— Des pieux ? s'étonna celui qui lui faisait face.

— Voyez-vous, je viens de réussir un tir à l'arbalète, expliqua Buffy, alors je me suis dit que j'allais changer de tactique.

Elle feinta puis se jeta sur sa gauche, obligeant le vampire à passer à l'attaque.

Il essaya de lui déchirer le visage avec ses griffes acérées, mais Buffy se baissa à temps pour esquiver et se glissa derrière lui. A cet instant, ses perceptions de Tueuse lui signalèrent que le vampire juché sur la cabine venait de sauter derrière elle.

Elle passa alors son bras droit sous l'aisselle du premier mort-vivant et le projeta violemment sur le second. Avant qu'ils n'aient eu le temps de se dégager, elle enfonça son pieu dans le cœur du premier. Il se désintégra et ses cendres s'éparpillèrent sur les bottes de la Tueuse.

— Oh, non… marmonna l'autre en reculant.

Il s'apprêtait à s'enfuir quand Buffy l'agrippa par le col de sa chemise. Déséquilibrés, ils basculèrent ensemble du bulldozer et tombèrent brutalement. La chute désorienta Buffy quelques secondes, mais elle se releva rapidement. Elle allait achever sa proie lorsqu'elle vit qu'un vampire tirait Giles de son abri.

Il se défendait vaillamment pourtant, frappant des poings et des pieds, mais ses coups restaient sans effet sur la créature qui approchait ses crocs de son cou.

— Giles ! cria Buffy. Attrapez ça et servez vous-en !

Son Observateur attrapa le pieu qu'elle lui lançait puis dirigea la pointe vers le vampire qui s'enfuit, une expression d'épouvante sur le visage.

— Merci beaucoup, dit Giles à Buffy. Surtout ne bougez pas, je reviens dans un instant !

Et il se lança à la poursuite du vampire, tandis que Buffy se concentrait sur son adversaire suivant.

— Tu n'as plus ton cure-dents, la nargua celui-ci en s'approchant d'elle.

Exaspérée, Buffy lui décocha un terrible coup de poing en pleine mâchoire. Sous le choc, les crocs du vampire se fracassèrent.

— Ça ne te serait pas arrivé si tu avais utilisé régulièrement du fil dentaire ! railla la Tueuse.

Le vampire porta la main à sa bouche, stupéfait, et geignit en s'écroulant :

— U m'as assé es ents ! U m'as assé es ents !

Mais une ombre se glissait déjà sur la droite de la Tueuse. Sans hésiter, elle sauta et, d'un coup de pied, elle envoya le vampire au tapis.

Au moment de sa mort, cette créature était une jeune femme à peine plus âgée que Buffy. Elle hurla de rage en se relevant, toutes griffes dehors.

La Tueuse bondit de nouveau, en direction d'un monceau de poutres qui jonchaient le sol. Elle en ramassa une et la brisa en deux tandis que le vampire approchait.

Saisissant le morceau le plus pointu, elle l'enfonça dans le corps de la morte-vivante qui se jetait sur elle.

Des cendres voletèrent à l'endroit où la créature se tenait quelques instants plut tôt.

La Tueuse projeta alors sur le vampire aux crocs brisés l'autre morceau de la poutre. Il explosa quand la pointe acérée lui transperça le cœur.

Buffy chercha Giles du regard. Il avait réussi à embrocher la créature qui l'avait attaqué et qui était maintenant réduite à un petit tas de poussière. Elle lui sourit, puis ramassa son sac pendant que les derniers vampires de la meute semblaient hésiter sur la conduite à tenir. Buffy s'empara de deux nouveaux pieux. Une Tueuse qui se respecte doit avoir du matériel en quantité suffisante !

Les vampires n'hésitèrent pas davantage. Ils prirent leurs jambes à leur cou et s'enfoncèrent dans la forêt.

— Ma foi, dit Giles, ce fut une promenade très stimulante.

Buffy lui tendit un des pieux.

— On n'en a pas encore fini.

Et sans prendre le temps de souffler, elle se lança à leur poursuite.

Willow trébucha dans l'obscurité. Elle respira profondément pour endiguer la panique qui montait en elle. Oz ne répondait pas.

Oz est sorti. Buffy aussi. Mais il reste Alex ! se dit-elle en reprenant espoir.

Elle composa son numéro et, le portable collé contre l'oreille, elle commença à monter lentement l'escalier.

Pourvu que Tad aille bien, pria-t-elle.

Son cœur se serra en pensant au bébé, sans protection dans son berceau... Arrivée sur le palier, elle jeta un œil à la fenêtre et constata que toutes les demeures du quartier étaient éclairées. *Ce n'est pas bon signe...* songea-t-elle. Elle décrocha la torche électrique accrochée au mur.

C'est alors qu'une voix résonna au bout du fil.

— Bonjour, vous êtes bien chez Alex. Je ne suis pas là pour le moment. Mais laissez-moi votre nom et votre numéro après le bip, je vous rappellerai dès que possible

Dès que possible... Si seulement ça pouvait être tout de suite !

Willow raccrocha. Elle alluma la torche et dirigea le faisceau vers la chambre du bébé.

Allez, Willow, courage...

Elle avança prudemment sur la pointe des pieds. Le plancher, par bonheur, ne craqua pas.

Quand elle colla son oreille contre la porte elle n'entendit pas un bruit. Voilà qui ne présageait rien de bon… Il lui fallait absolument de l'aide. Elle composa le numéro de Cordélia, espérant qu'Alex était chez elle.

— Allô ? répondit Cordélia. Qui est à l'appareil ? Je ne reconnais pas votre numéro. J'espère que ce n'est pas une plaisanterie sinon je vous signalerai à la police et…

— Cordélia, c'est moi.

— Je vois, dit Cordélia qui ne voyait rien du tout. C'est madame Smith ou madame Jones ? Parce que je vous confonds parfois.

Willow posa une main tremblante sur la poignée de la porte, imaginant le pire.

— Cordélia, c'est moi, Willow.

— Willow ? Tu as une drôle de voix. Tu es enrhumée ?

— Je chuchote parce que je ne veux pas qu'on m'entende.

Willow fit tourner la poignée de la porte sans difficulté.

— Si tu ne veux pas qu'on t'entende, pourquoi m'appelles-tu ?

— Il y a des choses étranges ici.

Willow poussa la porte et regarda par l'entrebâillement. La fenêtre semblait intacte. L'étau qui lui enserrait la poitrine se relâcha légèrement.

— Des choses ? Du style répugnant, avec des griffes ?

— Je ne sais pas encore. Je suis chez les Campbell, je fais du baby-sitting.

— Du baby-sitting ???

Au ton de Cordélia, on aurait juré qu'il s'agissait d'une infamie.

— C'était pour rendre service, précisa Willow.

— Campbell n'est-il pas membre de la commission qui doit statuer sur le sort du parc ?

Willow fut surprise que son amie le sache.

— Si, mais…

— Tu es venue pour lui parler de la société Gallivan et du parc de loisirs ?

— Pas exactement, je comptais lui parler plus tard.

— Willow, ça me choque venant de toi !

— Cordélia, je t'en prie, écoute-moi !

Les jambes tremblantes, Willow se dirigea vers le berceau.

Pourvu que Tad dorme tranquillement !

— J'ai entendu des bruits bizarres.

— Il s'agissait probablement d'un chat, dit Cordélia. Ils ont un chat ?

— Non. Et les lumières se sont éteintes.

— Les coupures de courant, ça arrive tout le temps.

— Mais le reste du quartier a de l'électricité !

— Bon, dans ce cas, ce sont les plombs qui ont sauté. Où est le problème ? Tu n'y vois pas clair ? Je trouve ça très symbolique.

Willow soupira. Cordélia ne lui était d'aucune aide.

— Cordélia, je t'appelais pour savoir si Alex était avec toi.

— Non, il est avec son nouveau copain, Hutch, au centre commercial. Ils font du coloriage ou un truc de ce genre... Ecoute, Willow, j'en profite pour te dire que je n'aime pas du tout le jeu que vous jouez, toi et les pathétiques sympathisants écologistes qui te servent de copains. Vous risquez de fiche le bal en l'air. Gallivan est puissant. Si vous l'énervez, il pourrait nous interdire l'accès du parc. Et je te rappelle que la majorité des élèves trouve que votre attitude est franchement ringarde !

— On en reparlera plus tard, Cordélia. J'ai vraiment un problème plus urgent à régler !

Willow s'arrêta à côté du berceau.

— Le vrai problème, c'est ton imagination, répliqua Cordélia. Tu vois des monstres partout. Tu es fatiguée, tu devrais te changer les idées, et surtout, tu devrais arrêter de t'en prendre à la Société Gallivan tant que le bal n'a pas eu lieu.

— Le conseil municipal doit prendre sa décision jeudi. Après, il sera trop tard pour agir.

— Mouais, admettons... Ecoute, il faut vraiment que je te laisse. J'ai encore plein de trucs à mettre au point et une foule de gens à appeler pour vendredi. Je peux te garantir qu'on se souviendra encore de ce bal dans des siècles !

— Je t'interdis de raccrocher ! hurla Willow en dirigeant sa torche vers le bébé.

— Comment ? demanda Cordélia, qui n'en croyait pas ses oreilles.

Tad avait l'air minuscule sous ses draps blancs. Il

dormait paisiblement, les fesses relevées, son petit poing toujours collé contre sa bouche.

— Tu peux répéter ce que tu viens de me dire ?

Willow se mordit les lèvres. Si elle voulait que Cordélia l'aide ce n'était pas le moment de lui parler sur ce ton.

— Cordy, murmura-t-elle, je suis désolée... Mais entre ces bruits bizarres et la panne d'électricité, je suppose que j'ai un peu perdu mon sang-froid.

— Perdu ton sang-froid ? Dis plutôt que tu as carrément pété un plomb !

Willow sentit l'évervement la gagner et prendre le pas sur la peur.

— Dis donc, je me suis excusée. Je...

— S'excuser ne suffit pas, l'interrompit sèchement Cordélia. Même si je vous accompagne parfois pour liquider un monstre ou faire échec à une antique malédiction, nous n'appartenons pas au même monde. Et...

Willow n'entendit pas la suite.

Tad s'était assis. Comme tous les bébés, il ressemblait à une sculpture inachevée aux angles encore imprécis. Il y avait un Mickey souriant sur son pyjama.

Mais ses yeux verts, brûlant comme du jade en fusion, la fixaient avec une cruauté sans limites.

— Willow, dit-il d'une voix grinçante, il faut que nous ayons une petite conversation, toi et moi...

[illegible]

[illegible]

[illegible]

[illegible]

[illegible]

CHAPITRE III

Buffy vit le guet-apens trop tard pour s'arrêter. Les vampires qu'elle poursuivait l'attaquèrent des deux côtés à la fois.

Elle essaya de ralentir sa couse pour les éviter, mais ses bottes glissèrent sur le sol détrempé et elle s'affala de tout son long.

Incapables de contrôler leur élan, les vampires se percutèrent et tombèrent, bras et jambes entremêlés. Ils étaient à peine plus âgés que Buffy et portaient l'uniforme de la seule école privée de Sunnydale, informant la Tueuse que le responsable de leur état actuel s'était aventuré là-bas.

La Tueuse enfonça son pieu dans le cœur du premier mort-vivant qui, en un instant, ne fut plus que poussière.

Quand son compagnon essaya de se relever, Buffy le cloua au sol d'un coup de pied dans la poitrine, le renvoyant aussi sec au sol.

L'Observateur arrivait, le souffle court, prêt à le frapper de son pieu.

— Pitié ! supplia la créature. Ne me tuez pas ! Je

n'ai encore mordu personne ! C'est ma première nuit !

Giles suspendit son geste, tandis que Buffy s'approchait du vampire qui essayait de se relever.

— Ne bouge pas, lui ordonna-t-elle. J'ai quelques questions à te poser. Et tout d'abord, j'aimerais savoir ce que tu fais ici.

Le mort-vivant hésita à répondre.

— Alors, ça vient ? demanda Buffy. Ça n'est pourtant pas compliqué. Tu as déjà vu *Les Incorruptibles* ?

Le vampire la dévisagea de ses yeux injectés de sang.

— C'est le nom d'un magazine de rock ? Moi, je n'y connais rien, je n'aime que la polka.

— *Les Incorruptibles*, répéta Buffy, la série télé. Une personne pose des questions et une autre répond. C'est à ça qu'on va jouer. Je pose des questions et toi, tu réponds.

— Sinon ?

— Sinon, je t'épingle avec ça, expliqua-t-elle en élevant son pieu. Comme on fait avec les papillons en cours de bio.

Et n'essaie pas de m'attendrir avec ton regard de chien battu, ça ne marchera pas. Avec la tête que tu as, il n'y a qu'une mère vampire qui se laisserait émouvoir, songea Buffy.

Le jeune vampire eut un rictus de frayeur et hocha la tête en signe d'assentiment.

Tout en parlant, la Tueuse balayait du regard les ténèbres qui les enveloppaient, certaine que des vampires rôdaient encore dans les parages.

— Donc je reprends. Que fais-tu ici ?

— J'accompagnais Brandon, dit-il en désignant le monticule de cendres que la brise commençait à disperser. Il m'a dit que quelque chose d'important se préparait dans le parc.

— Quelque chose d'important ? Quoi ?

— Je ne sais pas, répondit-il en secouant la tête d'un air navré. Je viens de sortir de ma tombe. Tout ça est nouveau pour moi. J'ai vu pas mal de films de vampires, pourtant. On ne peut pas dire que ça vous prépare à en devenir un !

— Trêve de plaisanteries, coupa sèchement Buffy. Tu ne sais rien d'autre ?

— Je sais juste que des vampires se rassemblent dans le parc et qu'ils cherchent quelque chose. D'après ce que disait Brandon, ça devait être quelque chose de très important.

— A-t-il parlé de la société Gallivan ?

— C'est quoi, ça ?

Bon, passons à l'autre sujet brûlant.

— Et a-t-il parlé du Bal de Printemps du lycée de Sunnydale ?

Le vampire sourit.

— Ça a l'air cool. C'est quand ?

Buffy le foudroya du regard et son sourire s'effaça.

— Je suppose que vous n'apprécieriez pas que je vous gâche la soirée, hein ?

— Un vampire trouble-fête ? susurra la Tueuse avec un sourire cruel. Rien de tel qu'un bon vieux pieu dans le cœur pour te faire passer l'envie de nous casser les pieds !

— Bon, finalement, peut-être que je ne viendrai pas…

— Ravie de l'apprendre. Tu ignores vraiment ce que cherchent tes copains ?

Le vampire hésita.

— Ce n'est qu'une constatation.

— Constate, jeune homme, constate, ironisa Buffy.

— Certains avaient amené des pelles.

Buffy se tourna vers Giles.

— Une chasse au trésor ? hasarda-t-elle.

— Pas loin. J'ai entendu dire qu'il y avait un site de fouilles archéologiques dans le parc, dit son Observateur.

— On n'en a pas parlé aux infos pourtant.

— Le centre de loisirs que projette de construire la société Gallivan aura été considéré comme prioritaire… Ces fouilles concernent un très ancien village de pêcheurs indiens. Des enseignants et des étudiants de l'université ont pris part aux recherches.

Buffy regarda le vampire.

— Tes charmants camarades ont trouvé des objets sur ce site ? demanda Buffy au vampire.

— Je n'en sais rien. Quand on est arrivés avec Brandon, ils étaient déjà partis.

— Le site doit être un peu plus loin, dans cette direction, précisa Giles.

— Comment le savez-vous ?

— Parce que je suis Pathfinder, répliqua-t-il en souriant.

Pour toute réponse, Buffy leva les yeux au ciel.

— Bon, d'accord, je plaisantais. Les journaux ont

publié un plan des lieux. On devrait trouver l'emplacement facilement car il est signalé.

— Et si nous allions examiner ce site de près, suggéra Buffy.

— Cool, fit le vampire en se levant. Tout le monde a eu ce qu'il voulait ? Je peux y aller ?

Buffy fit volte-face trop rapidement pour qu'il ait le temps de réagir et lui enfonça le pieu en plein cœur. Il ouvrit la bouche pour crier, puis explosa dans une gerbe d'étincelles.

— C'est fini pour lui, constata Buffy, mal à l'aise. C'est mieux comme ça, il n'était plus humain. Et dans ce cas il n'y a plus qu'une chose à faire. On y va, Giles ? C'est par où ce site de fouilles ?

— Willow, tu dois faire davantage d'efforts pour protéger le parc, ordonna Tad d'une voix rauque. Tu dois dire à Gallivan de ne pas y toucher !

Réussissant enfin à s'arracher à l'incroyable regard de jade qui la fixait, Willow recula en direction de la porte.

Ce n'est pas le genre de premiers mots qu'on attend d'un bébé, songea-t-elle.

Tad sauta dans son berceau en grimaçant.

— Ne crois pas que tu t'en tireras si facilement, dit-il en brandissant son petit poing en direction de la porte.

Elle se referma si brutalement que les murs tremblèrent.

Au bord de la panique, la jeune fille faillit lâcher sa torche.

— Qu'avez-vous fait du bébé ? demanda-t-elle d'une voix angoissée.

— Willow, croassa la créature, tu crois en notre cause.

— Quelle cause ? Je ne comprends pas de quoi vous parlez.

— Tu te bats contre Hector Gallivan le profanateur. Il faut que tu continues. Le parc ne doit pas être décapité par les lames d'acier, ni labouré par les engins à chenilles.

— Gallivan ? répéta Willow.

— Gallivan ? Tu as bien dit Gallivan ? intervint Cordélia.

S'apercevant qu'elle était toujours en communication avec sa camarade, Willow approcha le portable à son oreille.

— Cordélia ? Tu es encore là ?

— Mais enfin qu'est-ce qui se passe ?

— C'est le bébé, murmura Willow. Enfin, je veux dire, ce n'est pas vraiment le bébé. Ce serait plutôt un monstre ou un démon. Cordélia, j'ai besoin d'aide. Demande à Alex de venir. Buffy est sortie, et je ne peux pas joindre Oz.

— Nous croyons en toi, Willow, répéta la créature. Grâce à tes pouvoirs, tu es plus proche du monde de la nature que la plupart des humains.

Willow continua à reculer, très lentement. Elle n'était plus qu'à quelques pas de la porte.

— Willow, je te préviens, si tu me racontes des bobards, je…

— Je suis incapable de dire autre chose que la

vérité, l'interrompit Willow. Et la vérité, c'est que Tad s'est métamorphosé en monstre.

— Bon, admettons..., lâcha Cordélia sur un ton exagérément las. Donne-moi ton adresse.

Je suis au bord du désespoir. C'est la seule raison pour laquelle je ne lui raccroche pas au nez, songea Willow.

Elle épela trois fois le nom de la rue, jusqu'à ce que Cordélia l'ait noté correctement.

— Ne t'en va pas, Willow, implora la créature. Tu dois nous aider à ressusciter la Pierre Sacrée ! Ne t'en va pas, sinon nombreux seront ceux qui souffriront !

— Et qui souffrira ? demanda la jeune fille.

A part moi, ajouta-t-elle pour elle-même.

— Tous ceux qui se dresseront contre nous souffriront, dit la créature en se déplaçant dans le berceau. Et les Enfants des Ténèbres souffriront.

La créature leva son petit poing en direction du portable. Soudain, il cracha des étincelles.

J'ai perdu le bébé et le portable est fichu, pensa Willow. *Une soirée de rêve...*

Elle laissa tomber le téléphone désormais inutile et posa sa main sur la poignée, mais celle-ci refusa de tourner.

— Tu dois nous aider, Willow, insista la créature. Tes efforts pour sauver le parc ont été remarqués par les miens...

— Quels efforts ? demanda Willow qui tentait de gagner du temps. Vous parlez des manifestations qui ont eu lieu au parc de Weatherly ?

Il n'y en avait eu que deux, et elles avaient cruellement manqué de participants… Mais elles avaient au moins attiré l'attention des médias locaux, qui comptaient faire un reportage sur celle que la jeune fille organisait le mercredi.

— Tu te bats pour les Enfants des Ténèbres, répondit la créature. Et nous voulions te remercier.

— En prenant l'apparence du bébé que je devais garder ? s'exclama Willow. Croyez-moi, ce n'était pas une bonne idée. Une lettre aurait suffi.

— Nous pensons pouvoir t'aider.

— Alors aidez-moi ! Dites-moi ce que vous avez fait de Tad !

— Ce qui était nécessaire, répondit la créature en la dévisageant.

Cette réponse ne me plaît pas beaucoup. Essayons une autre approche.

— Comment saviez-vous que je serais ici ?

— Nous ne le savions pas. Le hasard nous a servis. Tu as des dons de sorcière, Willow. Nous t'aiderons à développer ces pouvoirs.

— Je veux juste que vous me rendiez Tad.

— Je ne peux pas. Le parc doit être protégé !

Si seulement Buffy était là… Elle est capable de prendre une décision, même lorsque la situation est sans issue.

Willow parcourait la pièce du regard à la recherche d'une issue quand, tout à coup, son regard s'arrêta sur la porte de la petite salle de bains où elle avait changé Tad quelques heures plus tôt.

Enfin, j'espère que c'était bien Tad !

Elle s'en approcha le plus lentement qu'elle put afin que la créature ne remarque pas son manège.

— Tu dois nous rejoindre, Willow. Nous te donnerons assez de pouvoir pour que tu empêches ces maudites machines de ravager le parc. Mais que fais-tu, Willow ? Où vas-tu ?

Au moment où la créature levait le poing, Willow se précipita dans la salle de bains. Son odorat ne l'avait pas trompée. Parmi les fleurs séchées qui remplissaient un petit panier en osier posé près du lavabo, il y avait bien des feuilles de cirier.

— Willow ! cria la créature.

Elle vida le panier de fleurs séchées dans sa main et, à la lueur du clair de lune, elle tria les plantes. Depuis qu'elle avait commencé à étudier la sorcellerie, elle avait appris en matière de botanique des choses que ses profs de sciences naturelles n'auraient jamais pu lui enseigner.

— Willow ! cria de nouveau le monstre. Que fais-tu, Willow ?

Elle serra les feuilles de cirier dans sa main et revint près de la créature qui habitait le corps de Tad. Son cœur battait la chamade.

J'espère que ça suffira...

— Je... j'avais quelque chose à prendre...

Le nez du monstre se plissa et il éternua. Un éternuement de bébé, à peine plus fort que celui d'un chaton.

— Quoi donc ? demanda-t-il avec irritation.

Quand Willow se fut suffisamment approchée, elle lâcha les feuilles sur la créature.

— Ce sont des feuilles de cirier, précisa-t-elle. Vous devriez savoir que les sorcières les utilisent pour rendre leur apparence aux créatures surnaturelles qui se sont métamorphosées en humains !

Les feuilles de cirier tombèrent doucement sur la créature. Quand elles se posèrent sur elle, elle grogna de douleur.

— Je ne suis pas un démon ! cria-t-elle. Ni un voleur de corps. Je suis un Enfant des Ténèbres !

Hypnotisée, Willow regarda les feuilles grésiller au contact du bébé. Son pyjama fondit.

— Sale sorcière humaine ! éructa-t-il en se débattant comme un beau diable. Nous aurions dû nous douter que nous ne pouvions avoir confiance en toi !

Deux énormes cloques se formèrent bientôt sur le dos de la créature. Quand elles explosèrent, elles dévoilèrent une paire d'ailes délicatement nervurées qui luisirent faiblement sous un rayon de lune.

Puis ses traits se déformèrent. Ses mains et ses pieds s'allongèrent et gagnèrent en finesse. Des griffes acérées déchirèrent les draps.

Avec un cri de fureur, elle fouilla dans le berceau et en sortit une petite hache en pierre. Elle battit des ailes, prit son envol et se jeta sur Willow.

CHAPITRE IV

Les ténèbres enveloppaient la colline qui surplombait le site archéologique. Buffy se pencha au-dessus du périmètre des fouilles, délimitées par les fanions rouges de l'université, et l'éclaira de sa torche.

Par endroits, le sol avait été retourné et une forte odeur de terre montait jusqu'à elle.

— Eh bien, ils n'ont pas perdu leur temps ! constata Giles.

Buffy inspecta les alentours, puis sortit de son sac les branches mortes qu'elle avait ramassées en chemin. En aiguisant leur pointe à l'aide d'un canif, elle ne put s'empêcher de penser à la querelle qui opposait Willow et Cordélia.

Son Observateur semblait avoir deviné ses pensées.

— Que vas-tu faire, Buffy ? Vas-tu aider ton amie ou te contenter d'aller danser au bal de printemps ?

— Le choix n'est pas aussi simple, répliqua Buffy.

Mais il est certain qu'il va falloir choisir rapidement.

— Si la société Gallivan construit ce centre de loisirs, reprit Buffy, ça créera environ quatre cents emplois. Certains seront des jobs d'été pour les personnes de mon âge.

— C'est un des avantages qu'a mentionnés la société Gallivan, admit Giles.

— Et les gens qui viendront visiter le centre feront augmenter le chiffre d'affaires des commerçants locaux, ajouta Buffy.

— C'est un autre argument de Gallivan, acquiesça Giles en regardant Buffy avec cet air distant qui avait le don de l'exaspérer. Mais je pense que tu seras d'accord avec moi pour dire que ton amitié pour Willow est très importante. Sans doute plus importante que tes relations avec Cordélia.

Buffy soupira. Le choix était difficile et combattre les vampires l'avait fatiguée. Heureusement, grâce à sa constitution robuste de Tueuse, il ne resterait pratiquement pas trace de sa fatigue le matin venu. Giles n'aurait pas cette chance, il souffrirait des jours durant.

— Bien sûr, admit-elle. En tout cas je ne serai pas la seule à devoir faire un choix délicat… Alex sera concerné aussi.

— Alex ? Que vient-il faire là-dedans ?

— Alex est l'ami de Willow depuis très longtemps, répondit Buffy. Maintenant, il est aussi le petit copain de Cordélia. Vous voyez le problème ?

— Je crois que je commence à l'entrevoir.

— Je suis presque certaine qu'il se rangera du côté de Cordélia.

— En laissant la pauvre Willow continuer seule sa lutte…

La pauvre Willow ? pensa Buffy. *Hé là, je suis à deux doigts de me sentir coupable, moi...*

Elle fut tirée de ses pensées par trois silhouettes qui sortaient du couvert des arbres et se dirigeaient vers eux. La lune éclairait leur peau d'un blanc terreux et leur visage avait l'aspect cabossé propre aux vampires. Deux d'entre eux tenaient une pelle et le troisième portait une pioche.

— Giles, regardez !

— Intéressant, murmura-t-il.

— Et dangereux, répliqua Buffy. Si les vampires rôdent encore par ici la nuit du Bal, il y aura énormément de victimes. Je ne peux prendre un tel risque.

Cordélia Chase enfonça l'accélérateur et grilla le feu qui venait de passer au rouge.

Avant de partir, elle s'était longuement préparée. Elle avait tiré ses cheveux bruns en arrière au cas où elle devrait participer à une bataille, enfilé un pull à col roulé cerise, une minijupe noire moulante et de hautes bottes assorties. Elle avait même pris trois paires de boucles d'oreilles avant de sortir de chez elle. Choisir la plus appropriée était une tâche difficile qui nécessitait de la réflexion. Réflexion qu'elle menait tout en roulant aussi vite que dans un Grand Prix. Enfin, elle trancha. Les boucles serties de pierres rouges étaient incontestablement les plus appropriées.

Cette tâche menée à bien, elle composa le numéro des Campbell sur son portable. La sonnerie retentissait à l'autre bout du fil quand elle dut faire un brusque écart pour éviter une voiture de sport. Les mots *Livraison de pizzas* s'étalaient en grosses lettres sur les portières et sur le capot.

Elle regarda à deux fois dans son rétroviseur pour s'assurer qu'elle n'avait pas rêvé.

Ça, c'est original, se dit-elle, incrédule. *Il doit recevoir des pourboires énormes ! Quoique des pourboires assez gros pour s'acheter une voiture comme ça n'existent sûrement pas !*

Personne ne répondit chez les Campbell. Elle raccrocha et composa un autre numéro.

— Bonjour, ici *Les BD Intersidérales*, répondit une voix enjouée. Si vous comptez quitter le système solaire, nous vous aiderons à faire vos valises.

— Bonjour, je voudrais parler à Alex Harris. Il est là ? demanda Cordélia.

— Alex ? Il était là il y a une minute. Oh, je l'aperçois. Ne quittez pas, je vous le passe.

Cordélia prit un virage sans ralentir. Ses pneus crissèrent sur l'asphalte. C'est alors qu'elle entendit le petit bruit sec qu'elle détestait. Elle déplia lentement ses doigts, redoutant le pire… Lorsqu'elle vit qu'elle s'était bel et bien cassé un ongle, elle eut envie de hurler.

— Allô ! dit Alex.

— Qu'est-ce que tu fais avec Hutch ? demanda Cordélia, agacée.

— Tu avais plein de choses à faire ce soir avec le comité d'organisation du Bal, tu ne te rappelles pas ? Alors je suis allé le voir.

Hutch travaillait dans le magasin de BD du centre commercial. C'est là qu'Alex l'avait rencontré. Ils s'étaient découvert des passions communes et étaient devenus amis. Mais Cordélia n'appréciait pas du tout Hutch. Il lui faisait même un peu peur. Elle n'avait jamais vu quelqu'un manger autant sans prendre un gramme et son sens de l'humour était plus méchant et plus acide que celui d'Alex.

— Oui, et je me rappelle aussi que ça ne t'intéressait pas, répliqua Cordélia en regardant tristement son ongle cassé.

— Je voulais t'aider pourtant ! Jusqu'au moment où tes réponses à mes suggestions ont cessé d'être « Je ne suis pas de ton avis » pour devenir « C'est carrément stupide ». Alors je suis parti et, si je me souviens bien, tu ne m'as pas retenu.

— Si tu étais resté avec moi, c'est toi qui aurais répondu à l'appel au secours que je viens de recevoir…

— Quel appel au secours ? demanda Alex, abandonnant aussitôt l'ironie.

Alex avait la faculté de passer du je-m'en-foutisme au sérieux le plus absolu quand la situation l'exigeait.

Ce qui désorientait passablement Cordélia.

— Buffy a besoin d'aide ?

— Non, pas Buffy, Willow, rectifia Cordélia. Elle fait du baby-sitting chez les Campbell et elle m'a appelée pour me dire que le bébé qu'elle gardait s'était transformé en une espèce de monstre.

— Elle a précisé quel type de monstre ?

— Elle n'en a pas eu le temps. La ligne a été coupée.

— Et tu n'as pas de nouvelles d'elle depuis ?

L'inquiétude qui perçait dans la voix d'Alex

expaspéra Cordélia. L'amitié qui liait Willow et Alex depuis leur plus tendre enfance devrait prendre fin un jour. En attendant, elle aurait bien aimé qu'il en fasse un peu moins quand elle était présente. *Il faudrait peut-être qu'il prenne un peu plus en compte mes sentiments.*

— Non, aucune. Je suis sur la route, répondit Cordélia aussi froidement qu'elle le put. Mais j'ai préféré t'appeler et te tenir au courant.

— Où est Willow ?

— Chez les Campbell.

— J'arrive tout de suite ! J'amène Hutch en renfort. Surtout sois prudente Cordy !

— Si j'avais voulu être prudente, je serais restée chez moi ! Je me suis cassé un ongle !

Willow plongea à terre pour éviter l'attaque du monstre ailé. Elle se releva rapidement et franchit la porte de la chambre qu'elle referma précipitamment derrière elle.

— Willow ! cria le monstre, la voix pleine de colère et de douleur, reste ici !

Un coup sourd retentit. La petite hache affûtée qu'il avait prise dans le berceau avait fendu le panneau de bois de la porte.

Il ne plaisante pas, c'est le moins qu'on puisse dire ! pensa Willow en descendant l'escalier quatre à quatre.

Là, je suis partie pour battre le record olympique de descente !

Elle entendit la porte de la chambre de Tad s'ouvrir à toute volée.

Comme elle arrivait au rez-de-chaussée, Willow se retourna. La créature était à quelques mètres derrière elle.

Elle traversa la salle de séjour comme une flèche, gagna le hall, et atteignit enfin la porte d'entrée. Elle tira de toutes ses forces sur la poignée qui refusa de s'ouvrir. Elle fit demi-tour et se précipita vers la cuisine.

Derrière elle, la créature battait frénétiquement des ailes. Willow manqua glisser sur le parquet fraîchement ciré, mais se rattrapa de justesse.

Elle pila net dans la cuisine, affolée.

Une série de casseroles suspendues au-dessus de l'évier brillaient comme une collection de lunes miniatures. Willow écarta les lourds rideaux de la porte coulissante qui menait au patio, mais elle était fermée. Willow parcourut alors la cuisine des yeux à la recherche d'une arme pour se défendre.

La créature se tenait dans l'encadrement de la porte en vol stationnaire, tel un bourdon.

CHAPITRE V

Poussée par la peur, Willow saisit à deux mains la plus grande casserole et l'abattit sur le monstre de toutes ses forces.

D'un battement d'ailes, il esquiva l'attaque et la casserole heurta si violemment le plan de travail que les carreaux de faience volèrent en éclats.

— Quand l'heure sera venue, Willow, tu nous rejoindras, déclara la créature, de gré ou de force.

Elle plongea une main noueuse dans la petite bourse en cuir qu'elle portait à la ceinture et répandit un nuage de poudre brillante sur Willow.

Mais qu'est-ce que c'est que ça ? se demanda-t-elle.

Elle tenta de retenir son souffle, mais la poussière l'enveloppant, elle dut finalement se résoudre à inspirer.

Elle eut l'impression que le plancher venait à sa rencontre. Puis elle tomba et perdit connaissance.

Sa dernière pensée fut pour Tad.

Où était-il ?

Buffy contourna prudemment le site et s'approcha

des trois vampires qui creusaient la terre chacun de leur côté.

— L'un de vous deux sait-il à quoi ressemble ce que nous cherchons ? demanda celui qui portait une tenue de tennisman.

— Eh papy, demanda le jeune vampire habillé en skateboarder, papa veut savoir si on sait ce qu'on cherche.

— Si ça se savait, bougonna le vampire qui portait un bermuda, des chaussettes noires montantes et un chapeau de pêche cabossé, ça ne serait plus la peine de chercher. Quelqu'un l'aurait déjà trouvé !

— Ouais, mais on pourrait toujours lui piquer, grogna le plus jeune.

— C'est ta solution à tous les problèmes, hein ? répliqua son père, irrité. Voler, toujours voler…

— Papa, tu te crois tellement différent pour me faire la morale ? Je ne t'ai jamais entendu dire non quand papy et moi ramenons une victime. Pourtant les humains ne nous font pas don de leur sang… Sinon, je vois pas pourquoi ils se débattraient autant !

Le jeune vampire eut un rire satisfait et se remit à creuser.

— Ah, j'ai trouvé quelque chose ! annonça-t-il en sentant sa pelle rencontrer de la résistance.

Il se pencha vers le sol.

— Mauvaise pioche, ah ah !

Il sortit un squelette de terre, l'examina, puis le jeta au loin et recommença à piocher.

— Est-ce qu'on va creuser encore longtemps ? se plaignit le père. A mon avis, ce n'est pas la peine de se fatiguer, on ne trouvera rien. C'est quand même bizarre qu'on soit tout seuls, s'il y avait vraiment quelque chose d'intéressant, on se marcherait sur les pieds…

Le grand-père vampire se retourna.

— C'est ça, le problème de ta génération : tout ce que tu veux, c'est rester dans ton coin et ne rien faire… Ton fils, lui, est prêt à se battre pour avoir ce qu'il veut au lieu d'aller voir un psy pour qu'on lui dise de quoi il a besoin…

Une famille conflictuelle dans la vie reste une famille conflictuelle dans la mort, se dit philosophiquement Buffy. *Et une thérapie de groupe ne leur serait plus d'un grand secours maintenant…*

Constatant qu'elle n'apprendrait rien, la Tueuse se redressa, un pieu dans chaque main.

D'un même geste, les trois vampires se tournèrent vers elle.

— Ça me fait de la peine d'interrompre une si charmante conversation, lança-t-elle goguenarde, mais les vampires ont tendance à me rester en travers de la gorge…

Le père et le fils reculèrent, nerveux, alors que le visage du grand-père se plissait de dégoût.

— C'est elle ?

— Oui, papy, c'est la Tueuse.

— Elle ne m'a pas l'air bien redoutable ! s'exclama le vieillard en secouant la tête.

— C'est parce que j'ai gardé un teint de jeune fille, répliqua Buffy en sautant sur le site.

Ce fut le vieux vampire qui l'attaqua le premier. Il se précipita vers elle et abattit sa pioche. Mais elle s'était déjà déplacée quand l'arme improvisée fendit l'air. Après son coup manqué, le mort-vivant, emporté par son élan, se courba en deux. Buffy lui enfonça alors un pieu dans le dos, jusqu'à atteindre son cœur.

— Sale petite morveuse ! pesta le vieux vampire. Tu n'as donc aucun respect pour les personnes âgées ?

Il leva de nouveau sa pioche, mais se désintégra avant d'avoir pu tenter sa chance.

— Pas quand elles tombent en morceaux pour un oui ou pour un non, répondit la Tueuse, et elle pivota pour faire face aux deux autres.

Le joueur de tennis lança sa pelle dans sa direction. Elle brilla un bref instant sous le clair de lune.

Buffy fit un pas de côté, tendit le bras et l'attrapa au vol. Puis, prenant son élan, elle la renvoya dans la poitrine du vampire.

Droit dans le cœur.

Le skateboarder se jeta sur elle en hurlant. Il avait sorti ses griffes et découvert ses crocs.

Mais Buffy lui décocha un coup de poing qui l'envoya au sol.

Avant qu'il n'ait retrouvé ses esprits, elle lui planta un pieu en plein cœur.

— Euh… Tout va bien, ici ? demanda Giles en s'approchant.

— Tout à fait, répondit Buffy en désignant les trois petits tas de poussière. Bon, passons aux choses sérieuses. Avez-vous déjà fait des fouilles, monsieur l'Observateur ?

Le bibliothécaire sauta dans la fosse pour la rejoindre.

— Il y a longtemps au lycée… J'avais trouvé ça très gratifiant à l'époque, et je dois dire que…

— Dites-moi plutôt si vous voyez ici un truc qui puisse intéresser des vampires.

Buffy ralluma sa torche halogène et l'orienta vers le sol. Des morceaux de métal luisirent sous le faisceau de lumière froide.

— Eh bien, dit Giles en s'accroupissant, ils ont mis une sacrée pagaille…

— Je ne suis pas sûre que le propre des archéologues soit de laisser les choses comme ils les ont trouvées en arrivant, lui rappela Buffy.

— Non, je ne parlais pas des archéologues, ils sont très méticuleux. Je parlais des vampires.

La jeune fille étouffa un bâillement. Elle se sentait tout à coup au bord de l'épuisement et la perspective du bal ne parvenait même pas à lui rendre un peu d'énergie.

Enfin, s'il a lieu. Rien n'est moins sûr…

Elle suivit Giles qui s'était totalement absorbé dans son travail, soulevant des éclats de poteries, des pointes de flèches, des perles et des os taillés. Rien de tout cela ne passionnait Buffy et elle ne voyait pas non plus quel intérêt ces objets pourraient avoir pour des vampires.

Mais que cherchent-ils ? se demanda-t-elle à nouveau.

L'inquiétude la gagnait. Elle savait par expérience que si ce type de questions restait sans réponse les problèmes ne tardaient pas…

— C'est un site intéressant, commenta Giles, visiblement séduit. Mais je doute qu'on trouve quoi que ce soit d'extraordinaire…

— N'empêche qu'un tas de vampires viennent mettre leur nez là-dedans. Il y a bien une raison.

— La seule chose qui me semble extraordinaire, c'est bien que les vampires viennent mettre leurs sales pattes sur ce site.

Giles se déplaçait précautionneusement. Buffy le suivait pour l'éclairer, quand un craquement attira son attention.

— Nous avons de la compagnie, chuchota-t-elle.

— Encore des vampires ? demanda Giles en examinant avec soin un objet qu'il venait de déterrer.

Buffy se dressa sur la pointe des pieds pour regarder hors de la fosse.

— C'est pire, lâcha-t-elle en éteignant sa torche.

— Comment ça, pire ?

Quatre hommes en uniforme approchaient lentement du site.

— Ce sont des vigiles de la société Gallivan, précisa-t-elle, ils sont armés. Il vaudrait mieux qu'on ne se fasse pas arrêter, qu'est-ce que vous en pensez ?

Mais son Observateur ne réagissait pas, fasciné par l'objet qu'il tenait à la main.

— Giles, chuchota Buffy. Normalement, vous devriez me dire qu'il est grand temps de s'en aller.

— Hein ? (Il la fixa quelques instants avant de comprendre ce qu'elle venait de dire.) Oh oui, tu as raison. Nous devons nous en aller !

— Et vous avez une idée sur la façon de procéder ?

Les voix des vigiles se faisaient plus fortes. Ils n'étaient plus qu'à quelques mètres d'eux.

— Quand l'occasion se présentera, cours le plus vite possible !

Buffy le regarda, incrédule.

— Heureusement que vous avez suivi une formation d'Observateur. Sinon je me demande où vous iriez pêcher des idées aussi brillantes !

— Il y a une autre solution, suggéra-t-il en désignant une pelle. C'est de s'enfuir en creusant un tunnel.

Ils vont nous tomber dessus dans quelques secondes et mon Observateur veut nous faire le coup de La Grande Evasion…

CHAPITRE VI

Cordélia sentit un frisson la gagner en approchant de la maison des Campbell. Elle gara sa voiture à l'angle de la rue et ouvrit la portière en inspirant profondément.

Inutile de s'inquiéter, se dit-elle. *Si Willow est capable de faire face à ce monstre, je le suis aussi. Le problème, c'est que Willow n'est pas capable de lui faire face puisqu'elle m'a appelée. Donc est-ce que je suis capable...*

Elle choisit d'interrompre là ses réflexions pour ne pas avoir à faire demi-tour à toute vitesse et se dirigea vers la maison, entourée par une haute clôture.

Elle essaya d'ouvrir le portail, mais la poignée lui résista. Pestant contre les vampires en général et Willow en particulier, elle commença à l'escalader.

Elle avait eu moins de mal, quelques minutes plus tôt, à pénétrer dans le lotissement, pourtant surveillé par un garde méfiant.

Elle avait prétexté, un sourire charmeur aux lèvres, qu'elle était invitée à une soirée, mais qu'elle avait oublié l'adresse.

Le garde avait aussitôt appelé un des résidents

réputé pour organiser de nombreuses fêtes et lui avait demandé s'il connaissait une certaine Cordélia Chase.

— Cordélia qui ? avait demandé l'homme à l'autre bout du fil.

Impossible qu'il ne me connaisse pas, avait songé la jeune fille, *à moins qu'il vienne juste d'emménager !*

Elle avait pris le combiné des mains du garde avec grâce et, de sa voix la plus sexy (celle qu'Alex aimait entendre au téléphone), lui avait rappelé qu'ils s'étaient rencontrés au *Bronze* et qu'elle mourait d'envie de le revoir.

Les grilles s'étaient ouvertes en un temps record.

— Mais qu'est-ce que tu fais là-haut ?

Perchée sur la clôture, Cordélia se retourna et vit Alex qui arrivait, affichant l'air rebelle et moqueur qui le quittait rarement.

Hutch l'accompagnait. Cordélia essaya de se rappeler son nom de famille, mais elle n'y parvint pas. Hutch était beaucoup grand qu'Alex et il avait les épaules plus larges. Il portait un treillis et un pull-over à col roulé vert foncé. Ses cheveux teints en rouge étaient hérissés comme les punks et ses boucles d'oreilles et ses deux piercings, au-dessus de son sourcil gauche, brillaient sous le clair de lune.

— J'ai oublié mon carton d'invitation pour la soirée, répondit la jeune fille. Et je ne veux pas faire attendre Tom Cruise.

— Excuse-moi d'arriver au mauvais moment. Où est Willow ?

— Encore à l'intérieur, je suppose. Le portail est fermé.

Alex posa sa main sur la poignée et ouvrit le portail sans difficulté.

— Tu en es sûre ?

Cordélia savait que s'il n'avait pas été inquiet au sujet de Willow, son petit ami se serait moqué d'elle. Pas longtemps, parce que dans ces cas-là elle s'énervait vite.

— Aide-moi à descendre, ordonna-t-elle, furieuse d'avoir été surprise dans une posture ridicule.

Alex lui tendit la main et l'aida à sauter dans le jardin des Campbell.

— Alors, qu'est-ce qui se passe ? demanda Hutch d'une voix douce.

Une voix de séducteur, se dit Cordélia.

— Je ne sais pas exactement, répondit-elle en ouvrant la marche au milieu des parterres de fleurs. J'arrive juste. Comment avez-vous fait pour me rejoindre aussi vite ?

— C'est grâce à Hutch. Il est issu d'une vieille famille de coureurs automobiles. Foncer à toute allure est une seconde nature pour lui. Un peu comme faire du shopping pour toi.

— On avait surtout moins de distance à parcourir, précisa Hutch.

— Si j'avais su que vous arriveriez si vite, je serais restée chez moi et j'aurais attendu que tu me téléphones pour me dire comment les choses s'étaient terminées.

Elle savait bien qu'Alex n'était pas dupe de sa plaisanterie et qu'il avait compris qu'elle masquait sa peur. Mais une jeune fille avait intérêt à faire bonne figure en toutes circonstances si elle voulait survivre dans la bonne société…

— Quelqu'un ici aime particulièrement le jardinage, marmonna Alex en se frayant un chemin parmi les fleurs et les arbustes.

— Moi, j'ai rien contre les plantes, dit Hutch.

— Moi non plus, tant que ça reste dans des limites raisonnables.

Alex sauta sans bruit la barrière qui entourait le patio.

— Vous pouvez me dire pourquoi nous devons être si silencieux ? demanda Hutch.

— Willow a cru entendre un cambrioleur, expliqua Cordélia.

— Et pourquoi n'a-t-elle pas appelé les gardes ? insista Hutch.

Cordélia interrogea Alex du regard. Il haussa les épaules et colla son visage contre les portes vitrées du patio tandis que Hutch faisait la courte échelle à Cordélia, la soulevant facilement.

— A cette heure-ci, ils sont généralement peu coopératifs, expliqua Cordélia.

Hutch escalada la barrière avec légèreté.

— Et ce pieu que tu tiens à la main, c'est pour quoi faire ?

Cordélia regarda Alex qui, une fois de plus, ne lui fut d'aucun secours.

Aïe aïe aïe… Comment vais-je pouvoir lui expliquer ça ? se demanda-t-elle.

— Je l'ai ramassé en arrivant…

— Et tu t'es dit que ça ferait un joli pendentif ?

— J'étais toute seule pour affronter le cambrioleur. Comme je n'ai pas trouvé de pistolet laser dans le coin, je me suis dit que ça ferait l'affaire.

Ça t'apprendra à poser des questions !

— Je vois Willow ! s'exclama Alex. Elle est allongée par terre !

Abandonnant toute prudence, il saisit la poignée de la porte et tira de toutes ses forces. En vain.

— Laisse-moi essayer, lui conseilla Hutch.

Alex s'écarta. Son ami prit sa place, banda ses muscles et arracha la poignée avec la serrure.

— Ouah ! souffla Cordélia. Rappelle-moi de ne jamais te serrer la main !

— J'ai toujours été très fort, expliqua-t-il en jetant la poignée et la serrure au fond du jardin.

Alex fit coulisser la porte sans plus se préoccuper du bruit. Il se précipita vers Willow et la prit dans ses bras.

Devant ce spectacle, Cordélia éprouva une brève mais très déplaisante pointe de jalousie. Certains jours, elle enviait la complicité qui unissait Alex et Willow et elle se demandait s'ils pourraient être un jour aussi proches…

— Comment va-t-elle ? demanda Cordélia en examinant les lieux, soulagée de ne voir apparaître aucune créature étrange.

Le problème, c'est qu'on ne les voit pas toujours arriver, se dit-elle. Cette pensée la fit frissonner.

— Elle reprend ses esprits, répondit Alex.

Le soulagement audible dans sa voix irrita Cordélia.

Willow ouvrit lentement les yeux.

— Le bébé, balbutia-t-elle. Je dois retrouver le bébé.

Elle tenta de se lever.

— Ne bouge pas, lui ordonna Alex. Nous allons nous occuper de lui.

— Tad a disparu, Alex. J'étais censée veiller sur lui et je n'ai rien pu faire ! Tout est ma faute !

— Préparez-vous à courir jusqu'à la voiture à mon signal, ordonna Buffy, les vigiles arrivent !

L'Observateur acquiesça à contrecœur.

— J'attends ton signal. Et toi ?

— Ne vous inquiétez pas, je vous rattraperai.

Buffy ramassa une poignée de terre.

— Allez-y !

Giles s'élança.

La Tueuse se redressa et jeta la terre au visage du premier vigile, l'aveuglant momentanément.

— Par ici ! cria-t-il. Vite !

Buffy sauta de la fosse et, d'un coup de pied, envoya le vigile à terre. Elle lui arracha son pistolet et le jeta au loin. *Un problème de réglé. Il n'en reste plus que trois.*

Ses collègues accoururent. Les faisceaux de leurs torches balayèrent les abords du site et éclairèrent Buffy en plein.

— Ne bougez plus ! cria l'un d'eux. Ne bougez plus ou nous tirons !

Tirer ? Depuis quand de simples vigiles ont-ils le droit de tirer ?

Buffy baissa la tête et courut tandis que les balles

crépitaient derrière elle. Elle fonça s'abriter sous le couvert des arbres.

Un des vigiles devait être un ancien sprinter, car il réussit rapidement à la rejoindre et la saisit par l'épaule.

— Je la tiens ! hurla-t-il. Venez m'aider !

Buffy saisit son pouce et le tordit. Elle entendit un craquement. Le vigile la relâcha.

La Tueuse allongea sa foulée autant que le lui permettait sa constitution. Enfin, la DS où l'attendait son Observateur apparut dans son champ de vision.

Si je ne rencontre pas d'autres vampires en chemin, nous pourrons filer !

Alex éclaira avec sa torche le berceau où avait dormi Tad et Willow sentit son cœur se serrer.

La peau qu'avait perdue la créature quand les feuilles de cirier l'avaient touchée formait maintenant une petite mare de substance gluante qui souillait les draps blancs.

— Ça, c'est vraiment dégoûtant, grogna-t-il.

— Ça, dit Willow d'une voix tremblante, c'est peut-être tout ce qui reste de Tad…

Les larmes lui montèrent aux yeux.

— Hé, fit Alex, je t'interdis de penser des choses pareilles !

— J'étais ici pour veiller sur lui, soupira Willow.

— Ecoute Will, il n'y a pas une seule baby-sitter au monde qui aurait mieux réagi que toi face à une telle situation. Dans le manuel de la parfaite baby-sitter, il n'y a pas de chapitre intitulé « Ce qu'il faut faire lorsque le bébé se transforme en monstre », pas vrai ?

— Je me sens tellement impuissante ! gémit Willow.

Alex, voyant qu'elle était sur le point de fondre en larmes, la prit dans ses bras.

— Nous ferons tout ce que nous pourrons pour retrouver le bébé. Je te le promets, lui chuchota-t-il tendrement à l'oreille.

Quand Buffy atteignit la DS, l'Observateur était au volant et, à la lumière du plafonnier, examinait avec attention l'objet qu'il avait découvert.

Buffy ouvrit la portière du passager et se laissa tomber sur le siège, haletante.

— Démarrez ! Vite ! ordonna-t-elle. Un de ces types doit être un espoir olympique au 400 mètres ou un truc dans ce genre !

— OK, c'est parti ! Accrochez-vous.

Giles fourra l'objet dans sa poche et tourna la clé de contact. Le moteur refusa de démarrer.

Se retournant, Buffy vit le vigile qui avait failli l'attraper s'approcher dangereusement. Il tira à deux reprises et l'une des balles toucha un des feux arrière de la voiture.

— Si vous démarrez, cria-t-il, je tire !

— C'est gentil de nous prévenir, dit l'Observateur en tournant calmement la clé de contact.

Cette fois, le moteur rugit.

Giles hésita. Pour regagner la route, il fallait reculer et passer devant le vigile qui les tenait en joue.

Buffy posa son pied sur le pied droit de Giles et

écrasa l'accélérateur. La voiture vibra, mais tint bon et elle s'élança, faisant jaillir du gravier sur son passage.

— Surtout, ne ralentissez pas, dit Buffy. C'est notre seule chance de passer.

Giles obtempéra. Le vigile eut à peine le temps de s'écarter. La DS continua son chemin, mettant ses amortisseurs à l'épreuve.

— Je viens d'appeler chez Buffy, elle n'est toujours pas rentrée, mais j'ai eu sa mère, annonça Alex.

— Tu lui as dit ce qui s'était passé ? s'inquiéta Willow.

— La vie de Buffy est déjà suffisamment compliquée. J'ai pensé que sa mère n'avait pas besoin d'en savoir trop. Je lui ai dit que le bébé avait disparu, mais je ne lui ai pas parlé du monstre. Elle demande à Buffy de nous rejoindre ici.

— Vous avez réussi à prévenir les Campbell ? demanda Cordélia en entrant dans la pièce, suivie par Hutch.

— Pas encore, répondit Willow, qui sentit une boule d'angoisse se former dans son estomac.

Elle n'avait pu les joindre à aucun des numéros qu'ils lui avaient laissés avant de partir.

Alex s'assit sur le divan et passa son bras autour des épaules de Willow.

— Ils vont bien finir par rentrer.

— On n'a trouvé aucune trace du machin-chose volant, dit Cordélia.

— Mais les portes étaient toutes fermées, il n'a pas pu s'en aller ! s'écria Willow.

Voyant un éclair de jalousie passer dans le regard de Cordélia, elle s'éloigna d'Alex.

— Il doit être encore ici ! Il faut le trouver et l'obliger à nous dire où est Tad !

— Ecoute Will, Cordélia et Hutch ont regardé partout. Le monstre n'est plus là et le bébé non plus.

Un lourd silence suivit cette constatation. Il fut interrompu par le carillon de la porte d'entrée qui les fit tous sursauter.

Hutch fit entrer les gardes du lotissement.

— C'est vous qui avez appelé à propos du bébé qui a disparu ? demanda le plus âgé.

— Oui, répondit Alex. Vous pouvez nous aider ?

L'homme hocha la tête. Willow lui fit une rapide description de Tad.

— Ça recommence, grommela son collègue dont l'étonnement se peignit sur son visage. Gallivan va nous mettre à la porte cette fois !

— Qu'est-ce qui recommence ? demanda Alex.

— Ça ne vous regarde pas, dit le garde poussant son collègue vers la sortie. Ne bougez pas d'ici et laissez-nous nous occuper de cette histoire. Si nous trouvons quelque chose, nous vous tiendrons au courant.

Alex regarda Willow.

— Il a dit « Ça recommence ».

Willow le regarda sans comprendre.

Quand le téléphone sonna, elle sursauta.

CHAPITRE VII

— C'était génial, cette balade dans le parc, Giles, dit Buffy, tandis que son Observateur se garait devant chez elle. Il faudra qu'on remette ça un de ces jours.

Voyant qu'il ne répondait pas, la jeune fille le regarda fixement.

— Vous pourriez peut-être me répondre, ajouta-t-elle. Vous connaissez la politesse ? Cette chose qui consiste à prêter attention aux autres et à émettre quelques mots quand ils vous parlent ?

Mais Giles semblait accorder toute son attention à l'objet qu'il étudiait à la lumière du plafonnier. Le silence lourd qui s'installa finit néanmoins par lui faire comprendre qu'on attendait quelque chose de lui. Il leva les yeux et regarda Buffy.

— Je te présente mes excuses. J'étais absorbé dans mes pensées…

— Et comment !

Buffy jeta un coup d'œil à l'objet qu'il tenait à la main.

— C'est l'objet que vous avez trouvé sur le site de fouilles ? demanda-t-elle. Vous l'avez gardé ?

Giles eut l'air embarrassé.

— Oui, effectivement… C'est curieux, très curieux, ajouta-t-il en tournant l'objet entre ses doigts.

— Quand je pense que vous me faisiez la leçon à propos des fouilles archéologiques, et que vous me disiez que les sites devaient rester en violet ou quelque chose dans ce genre, lui reprocha Buffy d'un ton faussement accusateur.

— Le mot exact est inviolé. Mais je pense que j'ai des circonstances atténuantes.

— C'est ce qui disent tous les voleurs !

— Buffy, soupira Giles, un soupçon d'énervement dans la voix, si tu voulais bien m'écouter deux minutes, tu apprendrais quelque chose d'important. Si je ne me trompe pas, l'objet que j'ai emporté est d'origine russe…

— Et vous êtes sûr que ça a de l'importance ?

Giles poursuivit, ignorant la remarque ironique de Buffy.

— … ce qui est digne d'intérêt sur un site indien. Au moment de la naissance de ton pays, les Russes ont joué un grand rôle dans le commerce des fourrures.

Giles alluma le plafonnier pour montrer sa trouvaille à Buffy. C'était un tube très fin noirci par le temps, aux extrémités ornées de caractères mystérieux.

— J'ai dû gratter la terre pour les distinguer. Ce sont des caractères cyrilliques, l'alphabet…

— … russe, compléta Buffy. Ça, j'ai compris. Rappelez-moi combien de vampires russes nous avons croisés dans le parc ?

— Pour autant que je sache, aucun.

— Giles, soupira Buffy, j'ai une interro à réviser, ma lessive à faire, il y a le Bal de Printemps, la brouille entre Willow et Cordélia, et je dois aussi dormir. Je vous aime bien et je suis contente que vous ayez trouvé quelque chose qui vous donne matière à réflexion, mais résoudre les mystères de l'histoire n'est pas une de mes priorités.

Giles rangea à regret le cylindre dans une poche de sa veste.

— Je comprends. On en reparlera demain matin.

Buffy sortit de la voiture et se dirigea vers le porche de sa maison. Giles attendit pour démarrer qu'elle soit rentrée chez elle.

Il est vraiment adorable, songea Buffy, qui se sentait un peu coupable de l'avoir interrompu si brusquement. *J'aurais dû faire l'effort de l'écouter jusqu'au bout et le laisser savourer son moment de gloire. J'espère qu'il ne m'en voudra pas.*

Elle se dirigea vers la cuisine pour grignoter quelque chose. *Pourvu qu'il reste un peu du gâteau au chocolat que maman a acheté.*

La lumière de la cuisine était allumée et sa mère était assise à la table, devant une tasse de café.

— Maman ? Tu es encore debout ? Qu'est-ce qui se passe ?

Il y a de mauvaises nouvelles dans l'air...

— Alex a appelé, il y a cinq minutes à peine, annonça Joyce Summers. Willow a des ennuis. Le bébé qu'elle gardait a disparu. Il faut que tu les rejoignes chez les Campbell.

Quand elle arriva devant la maison des Campbell,

Willow, Cordélia, Alex, Oz et Hutch l'attendaient devant le porche.

— Merci d'être venue, Buffy, dit Willow, les yeux gonflés comme si elle avait pleuré.

— C'est normal. Ma mère m'a dit que vous m'attendiez. Et le bébé ? Tu as réussi à prévenir ses parents ?

— Oui.

Elle s'approcha de son amie. Elle ne l'avait jamais vue aussi désarmée depuis qu'elle la connaissait.

— La police doit arriver bientôt ?

— Je n'en sais rien, répondit Alex. Les gardes ont dit qu'ils prenaient les choses en main.

— Le kidnapping d'un enfant ne regarde pas seulement la police, intervint Oz, mais aussi le FBI depuis que les nouvelles lois sur la protection de l'enfance ont été votées. Et puis les gardes ont dit qu'il y avait déjà eu d'autres disparitions dans ce lotissement.

— D'autres disparitions ? s'exclama Buffy Mais on n'en a jamais entendu parler !

— Jamais, confirma Oz. C'est bien ce qui est bizarre.

— Des parents ne passeraient pas sous silence la disparition de leurs enfants, à moins qu'on ne fasse pression sur eux.

Buffy acquiesça.

Mais qui avait intérêt à enlever des bébés ? Et pourquoi personne n'en parlait-t-il ?

Comme elle s'interrogeait, une limousine noire se rangea dans l'allée des Campbell.

Deux hommes à la carrure de lutteur en sortirent. Ils portaient un complet sombre et des lunettes noires malgré l'heure tardive. A la manière dont ils boutonnèrent leur veste, Buffy était certaine qu'ils portaient une arme.

Qui sont-ils ? se demanda-t-elle. *Des gardes du corps ?*

Le conducteur ouvrit une des portières arrière et aida une femme vêtue d'une robe de soirée et un homme en smoking à sortir de la voiture puis les accompagna jusqu'à la porte de la maison.

— Je veux qu'on me rende mon bébé, Bryce ! Je veux qu'on me rende mon bébé ! cria la femme en s'accrochant au bras de son mari.

M. Campbell s'approcha de Willow tout en soutenant sa femme.

— Tout va bien, Willow, tu peux rentrer chez toi, dit-il gentiment.

Il lui tendit une enveloppe.

— Je peux rentrer chez moi ? répéta la jeune fille, stupéfaite. Vous ne voulez pas que je reste pour répondre aux questions de la police ?

— Nous nous chargerons de tout, déclara un des gardes du corps d'un ton sans réplique. Vous ne nous serez d'aucune utilité. A moins que vous n'ayez vu la personne qui a enlevé l'enfant.

— Le coupable n'est pas une personne, dit Willow, c'est un monstre.

— Je pense que vous êtes fatiguée, mademoiselle, dit le garde, vous devriez rentrer chez vous.

Voilà qui devrait relancer le débat, songea Buffy.

Mme Campbell s'écarta de son mari et s'approcha de Willow d'un pas mal assuré.

— Tu l'as vue ? demanda-t-elle. Tu as vu la créature qui m'a volé mon bébé ?

Avant que Willow n'ait eu le temps de répondre, M. Campbell tira sa femme en arrière. Elle se débattit quelques instants, mais il lui souffla quelques mots à l'oreille qui parurent la calmer.

Puis il se tourna vers Willow.

— J'ai appelé un médecin dès que nous avons appris la nouvelle. Il lui a prescrit un sédatif, je vais la coucher maintenant.

Dès qu'ils eurent pénétré dans la maison, les gardes se postèrent devant la porte.

— Il est temps de rentrer, dit l'un d'eux.

Ce n'est pas un conseil, c'est un ordre, comprit Buffy.

— Je vais ramener Willow chez elle et m'assurer qu'elle mangera un peu avant de se coucher, proposa Oz.

Buffy acquiesça.

Tandis qu'ils s'éloignaient, Alex s'approcha de Buffy, un bras autour de la taille de Cordélia. Hutch les suivait.

— Voyons si j'ai bien tout compris… déclara Buffy. Willow est engagée pour faire du baby-sitting. Le bébé dont elle s'occupe se transforme en monstre puis disparaît. Ses parents arrivent flanqués de deux types franchement pas commodes qui les surveillent comme la prunelle de leurs yeux. Et ces types n'appellent pas la police, ni le FBI. J'ai bien résumé la situation ?

— Oui, approuva Cordélia. Mais moi la situation, je peux vous la résumer en un seul mot : bizarroïde.

(Elle sourit.) Mais, heureusement, ce n'est plus notre problème, maintenant.

Buffy acquiesça sans conviction. Elle savait qu'elle ne pouvait pas se désintéresser de cette histoire. Et, même si elle en avait été capable, Willow refuserait de le faire. Il lui avait suffi de la voir pour le comprendre.

— En clair, dit Cordélia en regardant Buffy d'un air entendu, ce n'est plus ton problème non plus. Si nous passions à un sujet plus réjouissant ? Tu as décidé ce que tu allais porter pour le bal, vendredi soir ?

Buffy se tourna vers Cordélia en maîtrisant l'agacement qui la gagnait.

Inutile de se formaliser, Cordélia vit sur une autre planète...

— Heureusement que tu abordes le sujet, répondit-elle du tac au tac, je voulais justement te parler de la soirée.

Ça ne lui fera pas de mal de retomber un peu sur terre.

— Ne me dis pas que tu vas rejoindre le camp des écolos ! s'indigna Cordélia. Je peux te garantir que le vert va très mal avec la couleur de tes cheveux !

— Il y a un problème bien plus plus grave. Les vampires cherchent quelque chose dans le parc. Si nous organisons une soirée là-bas, les invités repartiront les pieds devant !

Tad fit un grand sourire à Willow et remua doucement ses petites jambes pendant qu'elle le talquait. L'odeur douce et fraîche du bébé fit sourire la jeune fille. Il avait l'air si fragile et si vulnérable...

Après avoir fini de le rhabiller, elle le prit dans ses bras en lui parlant d'une voix chantante. Tad lui répondit en babillant.

Mais, tout à coup, il leva son petit poing et arracha la peau de son visage, démasquant une créature hideuse qui gronda :

— Nous n'en avons pas encore fini avec toi, Willow...

Willow hurla...

... Elle se réveilla dans sa chambre, le cœur battant à tout rompre, glacée malgré ses couvertures.

Le radioréveil indiquait 2 heures 17 du matin. Elle ferma les yeux et essaya de se rendormir, mais elle savait qu'elle n'y parviendrait pas.

Elle se leva péniblement et gagna la salle de bains pour boire un verre d'eau.

Elle alluma la lumière, remplit un verre et, machinalement, leva les yeux vers le miroir qui surmontait le lavabo.

Tad était là.

C'est comme regarder dans une boule de cristal, se dit Willow. *Sauf qu'ici il n'y a pas de boule de cristal...*

Elle parvint à maîtriser la panique qui l'envahissait et commença à étudier la scène.

Le bébé était entouré de brouillard et semblait allongé sur des feuillages. Il suçait son pouce et fixait Willow avec un regard tranquille. Tout à coup, il tendit sa main vers elle. Mais soudain le brouillard s'épaissit, le bébé ferma les yeux et s'effaça.

Willow parvint à sortir de sa transe. Elle regagna sa chambre et fit ce qu'elle faisait toujours quand les événements prenaient un tour étrange : elle appela Buffy.

Le lendemain, Buffy arpentait les couloirs du lycée de Sunnydale comme un zombie. Le premier cours venait de se terminer et elle n'était toujours pas réveillée. Elle avait longuement parlé à Willow la nuit précédente pour essayer de la rassurer.

Etouffant un bâillement, la Tueuse entra dans la bibliothèque et alla s'asseoir près de Giles.

— Tu as l'air à moitié morte, constata-t-il.

— Merci pour le compliment !

La jeune fille remarqua que des cernes ombraient ses yeux.

— Vous n'avez pas l'air en grande forme non plus. Vous n'avez pas dormi la nuit dernière ? s'inquiéta-t-elle.

Elle savait que son observateur allait souvent au bout de ses limites.

— Très peu. Après être rentré, j'ai commencé les recherches sur l'objet que j'ai trouvé sur le site. Elles se sont révélées très longues. Mais je n'ai pas perdu mon temps.

— Vous avez découvert pourquoi les vampires s'intéressaient au parc ?

— Pas encore. Mais je crois que cet objet pourra nous aider à trouver une réponse.

— Si seulement c'était vrai ! marmonna Buffy dubitative. Mais il s'est passé des choses bien plus importantes que la découverte de ce truc sans intérêt.

Et elle récapitula brièvement ce qui s'était passé chez les Campbell.

Au moment où elle finissait son récit, Willow et Oz les rejoignirent.

— Buffy vient de me raconter ce qui s'était passé cette nuit, expliqua Giles. Est-ce que tu pourrais me décrire la créature que tu as vue, Willow ?

La jeune fille en traça un portrait très détaillé. Quand Oz vit qu'elle tremblait, il lui passa un bras autour des épaules pour la réconforter.

— Et tu es sûre de n'avoir jamais vu de créature semblable ? Tu as lu autant de livres sur les démons que moi.

— Croyez-moi, si je l'avais déjà vue quelque part, même dans un livre, je m'en souviendrais !

— Espérons que tu n'auras pas à la revoir, souffla Oz.

— Tu as dit qu'elle te connaissait ? insista Giles.

— Elle m'a appelée par mon prénom et elle m'a dit que ce que je faisais pour le parc était bien, mais pas suffisant.

— Pour le parc ? répéta Giles.

Il lui semblait brusquement que les pièces de l'énigme commençaient à s'assembler.

— Buffy m'a dit que le bébé que tu gardais s'était métamorphosé en monstre quand tu as lâché des feuilles de cirier sur lui.

— Oui, le cirier est utilisé par les sorcières pour…

— … rendre à une créature surnaturelle son apparence d'origine, acheva Giles. Les fées sont très réputées pour leurs capacités à se métamorphoser en bébés ou à prendre leur place. Connaissez-vous la légende de l'Usurpateur ?

CHAPITRE VIII

— La légende de l'Usurpateur est l'une des légendes les plus répandues sur les fées, expliqua Giles.

— Vous croyez que Tad en était un ? interrogea Willow.

Des fées ? Un Usurpateur ? se demanda Buffy qui n'y comprenait rien.

— Non. Une créature qui prend momentanément l'apparence d'un bébé humain n'est pas un Usurpateur.

— Eh, deux secondes, il faut que vous m'expliquiez, je suis perdue ! s'exclama Buffy. Les vampires, je connais. Les zombies, les momies et tout un tas d'autres affreux pas beaux aussi. Mais les fées et les Usurpateurs, ce n'est pas mon domaine…

— Tu n'es sûrement pas aussi ignorante que tu le prétends, déclara Giles en souriant. Que sais-tu à propos des fées, Buffy ?

— Bon, allons-y pour l'interro surprise. On les appelle le petit peuple. Elles ont des ailes, elles se cachent et elles vous jouent des tours. Et je crois qu'elles portent généralement du vert…

Je ne suis pas tout à fait sûre de ce dernier point, mais tant pis, ajouta-t-elle pour elle-même.

— Ah, j'oubliais ! Elles adorent les citrouilles ! acheva-t-elle triomphante, en se souvenant de Cendrillon.

Giles soupira.

— Toute ton éducation est à faire. Tu n'as jamais lu de contes de fées quand tu étais petite ? demanda-t-il.

— Je lisais beaucoup quand j'étais petite, se défendit Buffy. Je me souviens très bien des Schtroumpfs, de Scoubidou, de Picsou…

— D'accord, j'ai compris, l'interrompit l'Observateur. Pourtant, depuis des siècles, on a raconté puis fixé par écrit des milliers de contes dont les personnages étaient des fées très différentes.

— Je sens que vous êtes parti pour nous jouer le couplet « Chaque enfant devrait avoir une carte de la bibliothèque » ?

— Je renoncerai à ce plaisir… dit Giles impassible. Tout d'abord, il faut savoir qu'il existe deux types de fées.

— Les bonnes et les méchantes ? avança Buffy, qui commençait à retrouver la forme. Vous voyez, je comprends vite !

— Pour une Tueuse, c'est à peu près comme ça que se décompose la population, intervint Alex, en les rejoignant. De quoi parlez-vous ?

— Giles pense que j'ai vu une fée hier chez les Campbell, répondit Willow.

— Will, j'ai l'impression que tu sautes un peu vite à la conclusion, dit Buffy.

Mais c'est peut-être bien ça, la conclusion.

Willow se tourna vers son amie.

— Tu enfonces des pieux tous les jours, pardon, toutes les nuits, dans le cœur des vampires, et tu trouves étrange que je croie à l'existence des fées ? Ne joue pas les Scully avec moi, Buffy.

— Tu as raison. Excuse-moi, répondit son amie. C'est juste que je préférerais que les choses ne se compliquent pas davantage.

— Tad a disparu, rien ne peut être plus compliqué, répliqua calmement Willow.

— J'ai toujours bien aimé l'histoire du cordonnier et des elfes, lança Alex pour rompre le silence pesant qui s'installait.

— Les elfes, déclara Giles, saisissant l'occasion de remettre la conversation sur les rails, seraient d'après certains experts une des multiples incarnation des fées. Tout comme les lutins et les farfadets. Les chercheurs considèrent que les sociétés pré-chrétiennes ont inventé les fées pour représenter et expliquer les interventions de la nature. La mythologie islandaise distingue par exemple les elfes de Lumière et les elfes des Ténèbres.

— Le bien et le mal, affirma Buffy, pour montrer qu'elle connaissait ses classiques.

— Exactement. Et comme ton expérience te l'a appris, les représentants de la Lumière s'opposent sans cesse à ceux des Ténèbres. Cela ne signifie pas que les représentants de la Lumière soient incorruptibles, ni que ceux des Ténèbres ne puissent revenir vers le bien. La mythologie post-chrétienne rapporte que les fées doivent leur existence à Dieu. Eve s'apprêtait à laver certains de ses enfants quand Dieu l'a appelée. Comme elle ne voulait pas qu'il les voie sales, elle les a cachés dans la forêt. Quand Dieu lui a demandé si tous ses enfants étaient présents, Eve a répondu oui. Dieu l'a alors punie pour lui avoir menti : les enfants qu'elle avait dissimulés resteraient pour toujours invisibles aux yeux des humains.

— Il faudrait raconter ça aux gamins à l'heure du bain, suggéra Alex. Ce serait nettement plus efficace que toutes ces histoires de haricots qui germent dans les oreilles !

Buffy lui désigna une chaise.

— Assis et silence !

Alex s'exécuta.

— Selon d'autres histoires, dit Willow, les fées seraient des enfants non baptisés, des anges déchus ou des druides qui auraient refusé de renoncer au paganisme.

— C'est tout à fait exact, confirma Giles. Cetains historiens ont même avancé une explication à propos de l'origine des légendes sur les fées et les géants. Lorsque les Celtes ont envahi le nord de l'Europe, ils ont affronté des peuples de bien plus petite taille qu'eux avec des armes en fer qu'ils étaient seuls à posséder à cette époque.

— Ils ont affronté les Pictes ? demanda Oz. Ils étaient petits et contemporains des Celtes.

— Oui, approuva Giles, et c'est de ces rencontres que seraient nées les histoires sur les fées et sur les géants et la légende selon laquelle seules les armes en fer peuvent blesser les fées.

— Très intéressant, dit Buffy d'un ton peu

convaincu. Je ne vois pas bien en quoi ces théories peuvent aider Willow.

— La plupart des fées ont des ailes, Buffy, comme le monstre qui était à la place de Tad. Et je me souviens qu'il m'a aussi lancé une sorte de poudre au visage.

— La poussière qui endort les mortels... C'est quelque chose que l'on retrouve très souvent dans les contes de fées, affirma Giles. Mais je ne vous ai pas raconté en quoi consiste la légende de l'Usurpateur.

— Celle où un bébé humain est remplacé par un bébé fée ? demanda Oz.

— Oui, répondit Giles, ravi de constater qu'on l'écoutait avec tant d'attention. Un des tours les plus redoutables que les fées peuvent jouer aux humains est de remplacer leurs enfants par des enfants fées. Ces Usurpateurs, comme on les appelle, ressemblent trait pour trait à ceux dont ils prennent la place. Mais ils ont un appétit insatiable, une nature maléfique... et une difformité physique. Mais trêve de légendes... J'ai quelque chose d'important à vous montrer. Pendant notre petite balade d'hier soir, reprit Giles, j'ai eu la chance de trouver ceci.

Il posa le cylindre sur son bureau.

— Vous avez ramassé ça sur le site de fouilles ? s'inquiéta Alex. Je parie que les gens qui les dirigent ne verraient pas les choses d'un bon œil, ironisa-t-il, satisfait de mettre Giles sur la sellette.

— En l'occurrence, plaida ce dernier, les informations que contient cet objet pourraient nous être très utiles.

Il déboucha le cylindre et en sortit un rouleau de feuilles manuscrites.

— Qu'est-ce que c'est ? demanda Buffy.

— Un journal intime rédigé sur du cuir de veau. Du vélin, pour être précis.

Il déplia les feuilles avec précaution et ajouta :

— Le texte est rédigé en russe.

— Et je crois savoir, l'interrompit Buffy, caustique, que vous êtes parfaitement bilingue ?

— Pas assez pour traduire le texte entièrement, admit Giles avec humilité. Mais j'ai contacté quelqu'un qui pourra le faire. J'en saurai davantage ce soir.

— Dites-nous quand même ce que vous avez compris, suggéra Alex.

— Ce sont essentiellement des avertissements. Ils font référence à quelque chose de surnaturel et de terrible…

Pour changer, pensa Buffy.

— Cette chose a un nom ? s'enquit Oz.

— Je ne suis pas sûr qu'il figure dans le texte. En tout cas, il y a un mot qui m'a frappé : *domovoï.*

— Qu'est-ce que c'est ? demanda Buffy.

— Une fée russe.

Alex s'agita soudain sur sa chaise, mal à l'aise.

— Attention, chuchota-t-il, Snyder arrive !

Buffy se tourna vers la porte et vit le principal pénétrer dans la bibliothèque.

On n'avait vraiment pas besoin de sa visite…

— Mais qui vois-je ? s'exclama-t-il sur un ton sarcastique. M. Giles et quelques-uns de mes élèves préférés… J'ignore si vous êtes au courant, mais il semble qu'il y a eu du grabuge au parc de Weatherly la nuit dernière.

— La nuit dernière ! répéta Buffy.

Pourvu qu'il ne s'agisse pas de notre rencontre avec les vigiles !

— J'ignorais que vous vous intéressiez autant à la vie de notre petite communauté, mademoiselle Summers… On raconte que certains de *mes* élèves auraient saboté des bulldozers dans le parc de Weatherly, un peu après minuit. De ce fait, M. Gallivan a décidé de doubler le nombre des vigiles qui y patrouillent.

Génial, pensa amèrement Buffy. *Cela fera quelques en-cas supplémentaires pour les vampires…*

— Donc, continua Snyder avec un large sourire, le lycée ne peut plus autoriser le Bal de Printemps que tant d'entre vous attendaient avec impatience. Mes condoléances. Je l'annoncerai par haut-parleur d'ici quelques minutes.

— Comment sait-on qu'il s'agissait d'élèves du lycée ? demanda Alex.

— Monsieur Harris, dit Snyder, les vigiles de la société Gallivan ont attrapé les fauteurs de trouble. Leur identité nous est donc parfaitement connue.

Il se tourna vers Willow.

— Je suppose qu'il s'agit d'amis à vous, mademoiselle Rosenberg. Peut-être même s'agit-il des personnes avec qui vous avez manifesté dans le parc la semaine dernière. Si je découvre que vous êtes mêlée à ce sabotage, je ferai en sorte que vous en répondiez devant la justice.

Lorsque Snyder tourna les talons et quitta la bibliothèque, Buffy soupira de soulagement. *Au moins, si la soirée est annulée, les vampires n'attaqueront pas les élèves.*

Mais Willow était catastrophée.

— Ne t'inquiète pas, Willow, nous savons tous que tu n'as rien à voir avec ça, dit Oz, et le principal ne pourra pas faire autrement que de le reconnaître.

— Grâce à sa petite intervention, j'ai complètement oublié ce que j'étais en train de dire, soupira Giles. Pourtant, il me semble que c'était important.

— Les *domovoï*, lui rappela Buffy. Vous disiez que ce sont des fées.

— Ah oui, merci Buffy. Les Russes les considéraient comme des protecteurs du foyer. Le *domovoï* mâle vivait derrière le fourneau ou sous l'escalier et son épouse était censée habiter à la cave.

— Ça, c'est de la parité ! railla Alex.

— Ils se manifestaient surtout la nuit, continua Giles, ignorant sa remarque. On racontait que plus un *domovoï* était poilu, plus il portait chance. Si la famille déménageait, elle devait emporter les tisons du vieux fourneau pour allumer celui de la nouvelle maison.

— Pour que le *domovoï* la suive ? hasarda Oz.

— Exactement.

— Et quel rapport y a-t-il avec les vampires qui fouillent le site ?

Giles secoua la tête.

— Je ne le sais pas encore exactement. Je pourrai sûrement vous en dire plus quand le texte aura été traduit dans sa totalité.

— Bon, alors, que proposez-vous en attendant ? demanda Alex.

— Willow et Buffy pourraient peut-être essayer de dénicher des renseignements sur les autres disparitions d'enfants. La remarque du garde nous oriente dans cette direction, même si, à ma connaissance, les médias n'ont rien dit à ce sujet.

— Gallivan a peut-être acheté leur silence, avança Oz. Ça expliquerait que la disparition de Tad n'ait pas encore été mentionnée aux infos.

— Si Gallivan est mêlé à cette histoire, ce sera difficile d'apprendre quelque chose, rétorqua Giles, il est très puissant.

— Gallivan cacherait des disparitions de bébés ? fit Alex, les yeux ronds. Vous parlez d'une conspiration !

— Surtout soyez très prudents ! Vous risquez de rencontrer des personnes chargées de maintenir le secret à tout prix.

— Mais pourquoi Gallivan cacherait-il que des enfants de ses employés ont disparu ? interrogea Buffy.

— C'est une question intelligente, approuva Giles.

Mais personne n'avait la moindre réponse à y apporter.

CHAPITRE IX

— Vous voulez échapper au menu-mystère que sert la cafétéria aujourd'hui ?

Buffy et Willow levèrent les yeux sur Alex qui venait de les rejoindre à une table de la salle de repos.

— Ce sera à la fortune du pot ! lança Willow. J'ai apporté des sandwiches au poulet et Buffy une salade de crudités.

— Je ne suis pas venu les mains vides, non plus ! dit-il en sortant de sa poche un paquet de chips. Je crois qu'il y en aura assez pour nous trois.

— Des chips ? s'étonna Buffy, avec une grimace de dégoût.

Alex haussa les épaules.

— J'avais pensé à des coupe-faim au chocolat pour assurer la partie légumes du repas, mais je n'étais pas sûr que le cacao en soit un. Et puis les chips c'est plus équilibré.

— Plus équilibré ? répéta Willow. Comment ces trucs peuvent-ils constituer un repas équilibré ?

— Les chips sont préparées avec des pommes de

terre, non ? Et les pommes de terre sont des légumes. Donc, les chips sont des légumes.

— Remarquablement raisonné. Fais-moi voir ce paquet, ordonna Buffy, sceptique.

— Il y a plus de graisse que de légumes là-dedans, constata-t-elle après l'avoir examiné.

— Et depuis quand les chips ne seraient-elles plus dignes de faire partie d'un repas équilibré ? s'indigna Alex. Bientôt, tu vas me dire qu'elles font grossir et donnent du cholestérol !

Il jeta un coup d'œil aux sandwiches et à la salade.

— Alors, on partage ?

— On partage, dit Willow en lui tendant un demi-sandwich.

— On partage, confirma Buffy en ouvrant la boîte de salade et en la poussant vers lui.

— Cool ! fit Alex en ouvrant son paquet de chips. Surtout ne vous battez pas pour vous servir !

— Pas pour moi, répondit Buffy. Tu sais comment Cordélia a pris la nouvelle de l'annulation du Bal de Printemps ?

— Tu vois comment réagissent les invitées des talk-shows quand on leur apprend que le sujet de l'émission est : « Votre mari vous trompe avec votre meilleure amie » ?

— Oui.

— Eh bien, la réaction de Cordélia a été encore pire !

Dans le hall, des élèves étaient en train de décrocher une affiche annonçant le Bal de Printemps. Le principal Snyder les regardait, un sourire aux lèvres.

Au moins, ça fait plaisir à quelqu'un, pensa Buffy.

— Mais je ne crois pas que Cordélia ait renoncé pour autant, ajouta Alex. L'annulation de la soirée semble l'avoir rendue encore plus combative. Elle a même prévu d'engager un autre groupe.

— Elle ne prend plus le groupe d'Oz ? s'étonna Willow.

Pourtant Cordélia appréciait Les Dingoes Ate My Baby qui se produisaient régulièrement au *Bronze*.

— Elle s'est dit que cela risquait de compliquer les choses avec toi, déclara Alex en jetant un regard ennuyé à son amie.

— C'est ridicule ! Je n'ai rien contre le Bal. Ce n'est pas contre Cordélia que je me bats, mais contre le projet de Gallivan de transformer le parc en centre de loisirs !

— Je sais. Ce n'est pas à moi qu'il faut le dire, se défendit Alex. C'est à Cordélia.

— Et il faudra aussi lui expliquer que si la partie est perdue, mieux vaut ne pas insister, lâcha Buffy.

— Moi je préfère insister, dit Willow avant d'attaquer son sandwich.

Buffy regarda son amie avec compassion.

Elle traverse une période difficile en ce moment...

— La manifestation de tout à l'heure ne va pas arranger mes affaires avec Cordélia, reprit Willow. Sans compter que les médias vont s'intéresser davantage à nous qu'au bal qu'elle organise après ce qui s'est passé hier soir.

— Tu sais qui étaient les élèves qui ont saboté les bulldozers ? demanda Buffy.

— Je l'ai appris en cours. Lance Torrance et Kelly Carruthers.

— J'ai toujours pensé qu'ils finiraient par aller trop loin, affirma Alex.

— Je ne les ai jamais vus à une seule manif, dit Willow, et pourtant ils ont dit à la police qu'ils avaient participé à celle de la semaine dernière !

— Ça leur donnait une excuse pour faire sauter quelque chose ! répliqua Alex. Tu te rappelles ce qu'ils ont fait au labo de chimie, l'année dernière ? S'il ne se passait pas tant de choses étranges dans cette ville, ils auraient été renvoyés depuis longtemps.

— Bon Alex, merci pour ta participation à cet excellent déjeuner, mais il faut que j'y aille, annonça Willow. Tu m'accompagnes, Buffy ? Je vais chez les Campbell. Ils ont peut-être des nouvelles du bébé.

— Bien sûr, répondit Buffy.

Il était hors de question que son amie affronte seule les parents de Tad.

— Ça continue.

Buffy et Willow descendaient la rue qui menait au poste de garde du lotissement Wingspread.

— Quoi donc ?

— Mes visions, dit Willow d'une voix douce. J'ai vu Tad plusieurs fois aujourd'hui : sur des vitres, dans le miroir de la salle de bains, et même dans la flamme d'un bec Bunsen.

— C'est peut-être ton imagination qui te joue des tours. Ou peut-être était-ce un rêve, intervint son amie.

— Non, ça ne ressemblait pas à un rêve. Je crois

que c'était une vision. Ce qui me fait peur, c'est que je me demande si ce ne sont pas les fées qui créent ces visions.

— Parce que tu es censée les aider à ressusciter la Poire Sacrée ?

— La *Pierre* Sacrée, corrigea Willow qui ne put s'empêcher de sourire.

— Ça pourrait être une explication, non ?

— Peut-être.

— Ne t'en fais pas ! On finira par trouver le fin mot de cette histoire.

— Je peux pas m'empêcher de penser à Tad, soupira Willow. A la peur qu'il doit éprouver… Je me demande si on prend bien soin de lui, si on le nourrit. Ou s'il est seul quelque part. Et je me demande aussi s'il est toujours… vivant.

— Tad est forcément quelque part et nous faisons tout notre possible pour le rendre à ses parents. Si nous pouvions voir Mme Campbell en privé, nous aurions peut-être des renseignements intéressants. Elle avait l'air de vouloir parler, hier soir.

Quelques voitures étaient arrêtées à l'entrée du lotissement où les gardes contrôlaient minutieusement l'identité des personnes qui désiraient entrer. Willow s'arrêta devant un garde.

— Bonjour, dit-il. Qui souhaitez-vous voir ?

— M. et Mme Campbell.

Willow fouilla dans son sac pour en sortir une pièce d'identité.

— Voici mon permis de conduire.

— Ce ne sera pas nécessaire. Je dois vous demander de repartir.

— Pourquoi ? fit Buffy. Il y a un problème ?

— Il n'y a aucun problème. Mais les Campbell ne vivent plus ici.

— Ils ont déménagé ? s'étonna Willow.

— Tôt dans la matinée… Quand j'ai pris mon service j'ai vu le camion qui emportait leurs affaires.

Mais pourquoi déménager ? Et pour aller où ? Auraient-ils retrouvé le bébé sans rien dire à personne ?

— Savez-vous où ils sont partis ?

— Non. Et de toute façon je n'aurais pas le droit de vous le révéler.

— Et savez-vous pourquoi ils ont déménagé ?

— Non. Tout ce que je sais c'est que la société Gallivan les a installés ailleurs.

— La société Gallivan ?

— Oui. Et c'est la quatrième famille qu'elle reloge depuis le début du mois.

Buffy regarda Willow.

— Si on allait faire quelques recherches à la bibliothèque ?

— Excellente idée, approuva son amie.

— La société Gallivan a annoncé qu'elle comptait transformer le parc en base de loisirs au début du mois, annonça Willow.

Assise près son amie dans la bibliothèque de l'école, Buffy regardait les articles de presse défiler sur l'écran de l'ordinateur. En moins d'une heure, grâce au don de Willow pour les recherches, elles en avaient appris beaucoup sur la société Gallivan.

— Donc, nous pouvons supposer que le premier enlèvement a eu lieu juste après, avança Buffy.

— Nous pouvons seulement le supposer, dit Willow. Rien ne prouve que nous ayons raison.

Effectivement, les journaux qu'elles avaient consultés ne mentionnaient aucune disparition au cours des dernières semaines.

— La société Gallivan s'est installée à Sunnydale il y a presque un an, continua Willow après avoir consulté ses notes. La maison mère est à Houston, au Texas. Elle est spécialisée dans la construction de locaux à caractère commercial.

— Ils ne construisent pas de résidences individuelles ? s'étonna Buffy.

Willow secoua la tête.

— Je n'ai rien trouvé à ce sujet pour l'instant. J'ai envoyé le dossier chez moi par e-mail. Je regarderai ça de plus près ce soir.

— Je me demande qui vend les maisons de Wingspread aux employés de la société Gallivan. Je passerai quelques coups de fil tout à l'heure pour me renseigner. Je me ferai passer pour la femme d'un employé de Gallivan qui veut acheter une maison.

— Ça signifie que tu louperas la manif au parc de Weatherly…

Oups ! Je n'avais pas pensé à ça ! Mais bon, je ne peux pas tout faire…

— La plupart des agences immobilières ferment à cinq ou six heures, expliqua Buffy.

— Tu as raison, appelle les agences. Et surtout tiens-moi au courant si tu découvres quelque chose.

Buffy faisait les cent pas dans sa cuisine, son téléphone portable à la main.

Elle appela d'abord le lotissement de Wingspread. Après s'être présentée comme une acheteuse potentielle, elle demanda quel agent immobilier s'occupait des ventes. On lui communiqua le numéro de téléphone de Pierce Immobilier.

— Nous avons vendu cette année huit maisons du lotissement à des employés de la société Gallivan, expliqua aimablement une employée à l'autre bout du fil. Ils ont tous été très satisfaits.

Il était facile d'obtenir des renseignements quand on se prétendait intéressée par l'achat d'une maison.

— Mon… mari vient d'entrer chez Gallivan, dit Buffy. Son travail et ses… responsabilités… sont tellement prenants qu'il m'a demandé de m'occuper de tout ça.

Ça a l'air crédible, non ? Allez, maintenant, motivons la dame !

— Il m'a dit « Choisir une maison » comme il m'aurait lancé « Choisis des rideaux ».

— Oui, la société Gallivan paye très bien ses employés, confirma son interlocutrice.

— Il m'a aussi indiqué que certains employés de Gallivan avaient acheté à Wingspread.

— Wingspread est un lotissement très bien protégé, affirma la dame. Il est entouré par une barrière de sécurité et surveillé vingt-quatre heures sur vingt-quatre par des gardes.

— C'est une bonne chose, car nous avons deux enfants.

Deux ? Un seul n'aurait pas suffi ?

Buffy ignorait d'où lui était venue cette idée.

— Vraiment ? dit l'employée. Et comment s'appellent-ils ?

Prise au dépourvu, Buffy chercha l'inspiration dans les produits qui l'entouraient.

— Cannelle, lança-t-elle après s'être tournée vers l'armoire aux épices, et Joy.

Joy était le nom du liquide à vaisselle.

— Vous semblez très fière d'elles.

— Je le suis. Elles sont vraiment adorables.

— Je pourrais vous faire visiter quelques maisons si vous le désirez, proposa l'employée.

— Avec plaisir. Mais avant d'en arriver là, j'aimerais parler avec les femmes qui vivent là-bas pour me faire une idée plus précise. Avez-vous une liste de clientes satisfaites à me proposer ?

— Tout à fait. Cela fait partie de l'accord que signent les nouveaux résidents avec notre agence. Nous aurons d'ailleurs besoin de votre permission si vous emménagez.

— Bien sûr, aucun problème, affirma Buffy.

Après que l'employée lui eut communiqué la liste, Buffy raccrocha en souriant. Elle avait parfaitement tenu son rôle.

— Moi, je dis que Lance et Kelly ont eu raison de saboter les bulldozers et que nous devrions faire sauter Gallivan et ses démolisseurs avant qu'ils ne commencent leur sale boulot ! Ce parc était à nous avant qu'ils n'arrivent et ne décident de le raser !

Willow se faufila au milieu du groupe de lycéens et de parents rassemblés devant le manège du parc de

Weatherly qu'elle avait choisi comme lieu de départ de la manifestation. La nuit commençait à tomber, et certains avaient allumé des torches.

— Excusez-moi… pardon… désolée, dit Willow en se frayant un chemin jusqu'à l'orateur dont le discours enflammé avait heureusement rencontré peu d'écho dans la foule.

Willow rejoignit Craig Jefferies sur le manège. Craig était l'une des célébrités du lycée : il appartenait à l'équipe de foot et n'était jamais en reste pour se faire remarquer. Grand et bien bâti, il avait des cheveux blonds coupés court dont les extrémités étaient teintes en bleu et portait un tee-shirt militaire gris et un pantalon de treillis.

— Tu sais ce qu'il te faudrait, Willow Rosenberg ? demanda Craig. De bons gros haut-parleurs. Pour que ce que tu as à dire rentre bien dans la tête des gens !

— Merci pour la suggestion, mais je ne crois pas qu'elle soit vraiment bonne.

Willow baissa la voix.

— Ecoute, Craig, ce que je voudrais, c'est permettre aux gens de faire quelque chose de… positif. On ne se prépare pas à attaquer le château de Frankenstein.

— Il suffirait d'agiter des torches et quelques fourches, et tu auras immédiatement un tas de fidèles prêts à te suivre.

— Je ne veux pas que les gens me suivent. Je veux qu'ils croient en l'avenir du parc.

— Les masses suivent les individus, pas les idées. Tout comme les soldats suivent leurs officiers.

— Dis donc, Craig, lança Oz en sautant sur le manège, tu as trop écouté les recruteurs de l'armée ou trop regardé de films de guerre.

— On n'a pas besoin de gonzesses comme Willow pour s'attaquer à des entreprises corrompues, cracha Craig, méprisant.

— Du calme, intervint Willow. On est là pour sauver le parc, pas pour s'insulter ou pour se battre.

— C'est déjà trop tard, dit Craig, deux de nos soldats sont tombés aux mains de l'ennemi hier soir.

— L'équipe télé vient d'arriver, chuchota Oz à l'oreille de Willow en désignant un camion garé dans une allée.

Willow tourna la tête et reconnut G.T. Rockett, le reporter de la chaîne locale. Vêtu d'un costume bleu nuit, le sourire éclatant et les cheveux gominés, il donnait des instructions au cameraman et à l'ingénieur du son qui le suivaient.

— On reparlera dans quelques instants, Craig, suggéra Willow en s'éloignant avec Oz.

— Pourquoi, quand je pense à Craig, est-ce que je l'imagine toujours habillé comme un para ou comme un type des troupes de choc avec un couteau entre les dents ? demanda-t-elle.

— Tu fais erreur, ce serait plutôt un bâton de dynamite !

— Mais il serait allumé…

— Aux deux extrémités, renchérit Oz.

— Ne fais pas de cadeaux à ces types, Willow Rosenberg ! hurla Craig. Ils ne peuvent pas débarquer ici sans tenir compte des citoyens qui veulent faire respecter leurs droits ! Et si nous leur opposons un front uni, ils ne pourront rien faire !

Cette fois, un grand nombre de cris et de sifflements d'approbation ponctuèrent ses paroles. Willow craignit soudain que la situation ne dégénère. Elle ne se sentait pas de taille à pouvoir l'empêcher.

Elle s'approchait du reporter quand les cris de la foule s'amplifièrent. Elle comprit vite pourquoi quand elle vit Hector Gallivan descendre d'une limousine.

Il était grand et imposant.

Les choses se compliquent, songea Willow.

Buffy contre les vampires
CONTINUEZ À VOUS FAIRE PEUR AVEC BUFFY EN 2001 !
En exclusivité dans ce supplément : découvrez les nouveaux personnages de la saison 4
Ce supplément vous est offert par Fleuve Noir et Télé Poche.
TÉLÉ POCHE
FLEUVE NOIR
TM and © 2001 Twentieth Century Fox Film Corporation. All Rights Reserved.

Buffy
CONTRE LES VAMPIRES
TM
LES ROMANS
d'après la série télé créée par Joss Whedon
PRIX DES ROMANS : € 4,57 (30 FRF)
ET € 5,34 (35 FRF)
ÉDITION SPÉCIALE
Buffy
CONTRE LES VAMPIRES
IMMORTELLE
Christopher Golden et Nancy Holder
GRAND FORMAT
€ 13,57
(89 FRF)
NOUVEAUTÉS
Buffy, c'est 19 titres déjà parus et un rendez-vous par mois.
... à suivre

C'EST LE MOMENT DE SAVOIR SI VOUS ÊTES À JOUR DANS VOS BUFFY... ET DANS VOS ANGEL !
LES GUIDES
À PARAÎTRE EN MAI
Buffy contre les vampires
LE GUIDE OFFICIEL
AVEC LES PHOTOS DU TOURNAGE
€ 18,14 (119 FRF)
Buffy the vampire slayer
THE WATCHER'S GUIDE
€ 18,14 (119 FRF)
(PRIX DONNÉ À TITRE INDICATIF)
Buffy contre les vampires
LE QUIZ
Testez votre Q.I. Buffy
€ 4,57 (30 FRF)
ANGEL™
LES ROMANS
ANGEL La cité des anges
Nancy Holder
ANGEL Le seigneur des bas-fonds
Nancy Holder
ANGEL Rédemption
Mel Odom
NOUVEAUTÉ
ANGEL Mortelle faiblesse
TM and © 2001 Twentieth Century Fox Film Corporation. All Rights Reserved.
Ouvrages disponibles en librairies, super-hypermarchés, maisons de la presse...
FLEUVE NOIR

Y 2001 DANS
TÉLÉ POCHE
DES ROMANS
DES CASSETTES VIDÉO
DES TEE-SHIRTS
DES FIGURINES
TM and © 2001 Twentieth Century Fox Film Corporation. All Rights Reserved.
FLEUVE NOIR

Marc Blucas

NÉ LE : 11 janvier 1972 en Pennsylvanie, États-Unis.
SIGNE ASTROLOGIQUE : Capricorne.
SON PERSONNAGE : Riley Finn, un haut membre de " L'Initiative ". S'il prétend être étudiant à la fac de Sunnydale, Riley fait en réalité partie de l'équipe de " L'Initiative ". Comme Buffy, le jeune homme doit donc mener de concert son emploi du temps d'étudiant et ses missions nocturnes pour le compte de l'organisation secrète. Côté cœur, Riley va avoir un véritable coup de foudre pour la Tueuse.
SES QUALITÉS : la générosité, le sens de l'humour, la rigueur dans son travail.
SES DÉFAUTS : quelquefois un peu trop sûr de lui.
CE QU'IL AIME : la ville de Los Angeles et le basket-ball. Lorsqu'il n'est pas en tournage, Marc Blucas arbitre les matchs de la ligue de basket junior de Los Angeles.
SES DÉBUTS : après une année de basket-ball professionnel, Marc Blucas a commencé sa carrière d'acteur dans le film " Eddie ", aux côtés de Whoopi Goldberg.
CÔTÉ CŒUR : célibataire.

TÉLÉ POCHE

Buffy contre les vampires

James Marsters

NÉ LE : 20 août 1969, en Californie, États-Unis.
SIGNE ASTROLOGIQUE : Lion.
SON PERSONNAGE : Spike, le chef de la bande des vampires de Sunnydale. Après avoir mené mille et un combats sans merci contre Buffy au lycée de Sunnydale, Spike se retrouve contraint de faire équipe avec la Tueuse et ses amis. Capturé par les membres de " L'Initiative ", le vampire a en effet été utilisé comme cobaye par le professeur Walsh, qui lui a ôté ses prédispositions au vampirisme.
SES QUALITÉS : décontraction, sens de l'humour.
SES DÉFAUTS : très bavard et parfois un peu désinvolte.
CE QU'IL AIME : jouer de la guitare, regarder des matchs de football américain, passer ses après-midi à la plage avec ses amis.
SES DÉBUTS : James Marsters a commencé sa carrière sur les planches dans la pièce de théâtre " The Tempest ".
CÔTÉ CŒUR : célibataire.

TÉLÉ POCHE

© Twentieth Century Fox. All rights reserved.

Buffy contre les vampires

Anya

NÉE LE : 8 avril 1973, en Californie, États-Unis.
SIGNE ASTROLOGIQUE : Bélier.
SON PERSONNAGE : Anya Emerson, la petite amie d'Alex. C'est dans la peau d'une créature démoniaque qu'Anya fait son arrivée à Sunnydale. Après avoir jeté un sort aux habitants de la ville, Anya retrouve son âme humaine grâce à Giles. Condamnée à rester sur Terre, la jeune femme tombe amoureuse d'Alex, avec qui elle va vivre une véritable histoire d'amour.
QUALITÉS : Sérieuse et travailleuse.
DÉFAUTS : Manque parfois de spontanéité.
CE QU'ELLE AIME : La psychologie, passer du temps avec son mari.
SES DÉBUTS : Emma a fait ses débuts d'actrice à la télévision en participant ponctuellement à plusieurs séries, comme "Les dessous de Palm Beach", "Le Rebelle", ou encore "Sauvés par le Gong". Elle obtient son premier rôle récurrent dans "Beverly Hills" en 1995.
CÔTÉ CŒUR : Emma est mariée à Joe Rice, un agent artistique.

TÉLÉ POCHE

Buffy contre les vampires

Eliza Dushku

NÉE LE : 30 décembre 1980, à Boston, États-Unis.
SIGNE ASTROLOGIQUE : Capricorne.
SON PERSONNAGE : Faith, Tueuse de vampire. Alliée de Buffy dans son combat contre les vampires, Faith devient très vite sa rivale à tous les niveaux. Côté mission, Faith abandonne la lutte contre les vampires et choisit la cause des forces du mal en s'alliant à Richard Wilkins, le Maire de Sunnydale. Côté amour, elle va également tout mettre en œuvre pour séduire Angel. Sans succès.
SES QUALITÉS : modeste et réaliste.
SES DÉFAUTS : manque parfois de confiance en elle.
CE QU'ELLE AIME : la musique, le hockey sur glace, les voyages, la danse, les sorties en famille ou entre amis.
SES DÉBUTS : Eliza Dushku a débuté sa carrière à l'âge de 12 ans, grâce à un rôle dans le film " That night ".
CÔTÉ CŒUR : célibataire.

TÉLÉ POCHE

Sarah Michelle Gellar

NÉE LE : 14 avril 1977, à New York, Manhattan

SIGNE ASTROLOGIQUE : Bélier.

SON PERSONNAGE : Buffy Summers, une lycéenne américaine de 16 ans. Dotée de pouvoirs exceptionnels, la jeune Buffy fait partie des Élus, c'est-à-dire des quelques êtres humains capables de combattre les vampires. L'adolescente doit donc mener de front sa vie de lycéenne et sa lutte nocturne contre les forces du mal dans la petite ville de Sunnydale, en Californie. Une tâche difficile, dans laquelle la Tueuse est aidée par Giles, son observateur, et ses deux meilleurs amis, Alex et Willow. Côté cœur, Buffy va vivre d'abord une intense histoire d'amour avec Angel, un séduisant et charismatique vampire, avant de tomber dans les bras de Riley Finn, un membre de l'organisation secrète "L'Initiative ".

SES QUALITÉS : l'indépendance et la maturité.

SES DÉFAUTS : quelquefois un peu trop discrète sur sa vie privée.

CE QU'ELLE AIME : le shopping, faire du patin à glace et de la plongée, manger des pâtes.

SES DÉBUTS : repérée dans un restaurant, Sarah Michelle Gellar a fait ses débuts d'actrice à l'âge de quatre ans dans le film "An invasion of privacy".

CÔTÉ CŒUR : Sarah Michelle Gellar vit actuellement avec Freddie Prinze Jr, un jeune acteur américain.

Buffy contre les vampires

CHAPITRE X

— Maman, je vais sûrement rentrer très tard ce soir… dit Buffy en fouillant dans le frigidaire.

Elle saisit une pomme. Pas follement appétissante, mais mangeable.

— Tu ne m'attends pas, d'accord ?

— Tu aurais pu me dire plus tôt que tu sortais, répliqua sa mère en levant les yeux du magazine qu'elle lisait. Qui organise la soirée ?

— Euh, ce n'est pas vraiment une soirée…

Buffy désigna le coupe-vent noir qu'elle portait et les pieux fraîchement taillés qui dépassaient de son sac à dos. Sa mère soupira.

— Tu ne seras pas seule au moins ?

— Non, bien sûr que non, répondit Buffy.

Je serai même très entourée… Par des démons, des vampires, des « personnes » de ce genre.

— Surtout, sois prudente, lui recommanda Joyce.

— Bien sûr, ne t'inquiète pas, je rentrerai le plus tôt possible, promit-elle en l'embrassant.

Buffy sortit rapidement de la cuisine. Elle ne voulait pas que la scène des adieux s'éternise. Elles savaient bien toutes les deux que chaque fois que

Buffy franchissait la porte pour remplir ses devoirs de Tueuse, elle risquait de ne jamais revenir… Mais elles devaient faire comme si de rien n'était, sinon, elles n'auraient pas pu le supporter.

Si seulement nous avions les problèmes traditionnels d'une mère et de sa fille : les petits copains, la longueur des jupes, les petits copains, l'argent de poche, les petits copains, les notes…

Quand Buffy franchit le porche de la maison, un bruissement la fit se retourner. Par réflexe, elle serra les poings, prête à se battre.

— Tu sors ce soir ? demanda Angel, dissimulé dans les ténèbres qui enveloppaient le jardin.

Buffy haussa les épaules, tentant de dissimuler son trouble.

— J'ai un rendez-vous.

— Et ton rendez-vous a un rapport avec ce qui se passe au parc de Weatherly ?

— Peut-être. Tu sais quelque chose ?

— Des broutilles… Je ne me mêle pas trop à mes congénères.

Buffy le savait. Angel avait choisi une autre voie que celle qu'empruntaient les vampires de Sunnydale.

— Alors, ces broutilles, c'est quoi ?

— Tu as tué une dizaine de vampires la nuit dernière. Toi et un homme. Je suppose qu'il s'agissait de Giles. Je me suis promis que je passerais voir si tu t'en étais bien sortie. Tu es seule et ils sont très nombreux.

— C'est la règle du jeu, non ? Il n'y a qu'une Tueuse par génération, tu ne l'as pas oublié ? Je suis *forcément* seule.

— Pas ce soir, répliqua Angel. Je t'accompagne.

Cette pensée réconforta Buffy plus qu'elle ne l'aurait souhaité.

L'avoir sans vraiment l'avoir... C'est terrible.

— Tu risques de t'ennuyer.

— Je ne m'ennuie jamais quand je suis avec toi, l'assura Angel.

Ce compliment fit sourire Buffy. En même temps, il la désespéra. Elle savait qu'ils ne pourraient plus jamais partager ce qu'ils avaient partagé une seule et unique fois.

— Allons-y, alors, dit-elle. Je t'expliquerai le topo en chemin.

Hector Gallivan, entouré par ses gardes du corps, fendit la foule qui s'écartait sans bruit sur son passage.

Il marcha d'un pas déterminé jusqu'au manège où se tenait Willow.

— Bonjour, G.T., dit-il en serrant la main du journaliste.

— Bonjour, monsieur Gallivan. Votre visite est inattendue.

— Il y a eu beaucoup d'événements inattendus ces derniers temps, repartit l'industriel tout en dévisageant Willow.

Sous son regard perçant, la jeune fille se sentit perdre contenance. Aussitôt, Oz se glissa à ses côtés et prit sa main dans la sienne. Le sentir près d'elle lui redonna confiance.

Les élèves s'approchèrent lentement, mais les gardes du corps aux costumes sombres les maintinrent à distance, isolant Willow, Oz, le journaliste et Gallivan de la foule.

Rockett adressa des gestes frénétiques à son cameraman pour qu'il se rapproche.

— Nous ne pensions pas que vous viendriez ce soir, ajouta-t-il. Le débat sera plus animé si les deux parties sont en présence.

— En fait, dit Gallivan sans cesser de fixer Willow, je ne suis pas venu pour exposer mon point de vue en public.

Willow fut surprise. Elle avait cru qu'il venait pour lui voler la vedette. *Mais il vient de le faire rien qu'en apparaissant,* comprit-elle. Penser qu'il la manipulait renforça sa détermination.

— Peut-être pourriez-vous nous expliquer les raisons de votre présence alors, suggéra Rockett.

Mais un des gardes du corps se glissa devant le reporter qui dut reculer à contrecœur.

Gallivan se tourna vers Willow.

— Vous êtes mademoiselle Rosenberg, je suppose ?

Willow hocha la tête.

— J'aimerais vous parler quelques minutes, ajouta-t-il. Peut-être pourriez-vous m'accompagner jusqu'à ma voiture ?

— Il n'est pas question qu'elle reste seule avec vous, se hâta de dire Oz.

Mais Gallivan fixait toujours Willow, attendant qu'elle réponde.

— Je préférerais ne pas vous parler, dit-elle.

C'est moins brutal qu'un non. Gallivan ne doit pas avoir l'habitude qu'on refuse ses propositions.

— Vous en êtes sûre ?

La voix de Gallivan baissa d'un ton.

— Même pour parler de ce que vous avez vu chez les Campbell ?

Buffy sonna et attendit sous le porche avec Angel. La maison était semblable à toutes celles du lotissement Wingspread, à l'exception de la pelouse mal entretenue et des plantes qui se desséchaient dans les plates-bandes.

En chemin, Buffy avait expliqué à Angel les événements de la veille. Il n'avait pas de réponse à lui apporter, mais Buffy avait apprécié de pouvoir en parler avec lui.

Elle s'apprêtait à sonner de nouveau, quand la porte s'ouvrit sur une femme encore jeune, au visage fatigué, emmitouflée dans une épaisse robe de chambre. *Elle a l'air d'une mourante,* se dit Buffy, essayant de dissimuler sa surprise.

— Bonjour, vous êtes bien Maggie Chapin ?

— C'est exact. Et je suppose que vous êtes la personne qui m'a téléphoné tout à l'heure ? C'est vous qui voulez vous installer dans le lotissement ?

— Oui, mais si nous vous dérangeons, nous pouvons repasser plus tard…

— Non, non, dit la femme d'une voix morne.

Et elle s'effaça pour les laisser passer.

Buffy la suivit, mais Angel resta sous le porche, impuissant. Un vampire devait être invité de vive voix pour pouvoir pénétrer dans une maison.

— Vous n'entrez pas ? lui demanda Mme Chapin.

Ces quelques mots suffirent pour qu'Angel puisse franchir le seuil.

— Mon mari est parfois un peu timide, s'excusa Buffy en glissant son bras sous celui d'Angel.

— C'est étonnant, nota Maggie Chapin. D'habitude, Hector Gallivan n'embauche que des fonceurs.

Elle les précéda dans une salle de séjour pleine de cartons, puis débarrassa le sofa des vêtements qui l'encombraient et les invita à s'asseoir.

— Vous n'avez pas fini d'emménager ? s'étonna Buffy. L'agent immobilier m'a pourtant dit que vous aviez acheté cette maison il y a quelques mois.

— C'est exact, répondit Mme Chapin en s'asseyant dans un fauteuil à bascule démodé, mais mon mari s'en va. Moi, je ne bougerai pas d'ici tant que Cory ne sera pas revenu. Il faudra que la police m'emmène de force.

— Je suis désolée, je ne voulais pas...

Buffy jeta un coup d'œil à la ronde. Malgré le désordre qui régnait, la salle à manger était agréable. De larges baies vitrées s'ouvraient sur le jardin et le sol était couvert d'une épaisse moquette blanche.

— Vous n'y êtes pour rien. J'aurais préféré que notre mariage ne finisse pas ainsi, mais, contrairement à mon mari, je ne fais pas confiance à Gallivan...

— A quel propos ne lui faites-vous pas confiance ? demanda Angel.

— A propos de Cory...

— Votre fils a disparu, n'est-ce pas ? demanda Buffy.

— Oui, répondit Maggie Chapin et ses yeux se noyèrent de larmes. Alors quand vous m'avez dit que vous aviez deux filles, j'ai su que je devais vous voir...

Buffy évita le regard étonné que lui lança Angel. *Oups ! J'avais oublié de le prévenir !*

— ... pour vous avertir. Les gens de chez Gallivan ne vous ont rien révélé au sujet des bébés qui ont disparu dans le lotissement, n'est-ce pas ?

Willow marchait aux côtés de Gallivan dans une allée du parc de Weatherlay. Oz les suivait d'assez près pour intervenir.

Les gardes du corps scrutaient les environs avec attention.

Je suis sûre qu'ils sont armés, pensa Willow. Si seulement ils avaient un truc efficace contre les vampires ! D'après Buffy, il y en a plein le parc.

— Le garde qui a raccompagné les Campbell l'autre soir n'a pas voulu m'écouter quand j'ai dit qu'un monstre avait enlevé Tad. Mais je sais bien que...

— Ils existent, coupa Gallivan. Ou, plutôt, *il* existe. Personne n'a jamais vu plus d'une créature à la fois.

Il me croit ! se dit Willow. *Il croit mon histoire !*

— Vous savez qui est cette créature ? demanda-t-elle.

L'industriel eut un moment d'hésitation avant de répondre.

— Je l'ignore.

Baissant la voix d'un ton, il ajouta :

— Vous avez entendu parler de la lanterne ?

— La lanterne ? répéta Willow en secouant la tête. Non.

L'image du petit Tad se forma tout à coup dans son esprit.

— Qu'est-il arrivé aux bébés ?

— Je l'ignore. Mes hommes enquêtent.

— Vos hommes ? Mais pourquoi n'allez-vous pas voir la police ? demanda Oz.

— Que pourrait-elle faire dans une situation pareille ? Quand il s'agit de mettre des contraventions ou de faire la morale aux délinquants, elle est à la hauteur, reprit Gallivan. Mais dans un cas comme celui-là, je ne me fie qu'à mes propres hommes.

Willow et Oz n'émirent pas de commentaires. Effectivement, à Sunnydale, la police était souvent impuissante…

— Cette créature m'a demandé de vous dire de ne pas toucher au parc, expliqua Willow.

— Pourquoi voudrait-elle que je renonce à mes projets ?

— Je ne sais pas.

— Et pourquoi vous a-t-elle choisie comme émissaire ?

Parce que je suis une sorcière, pensa Willow.

— Je l'ignore, mentit-elle. La seule certitude, c'est qu'elle était maléfique.

— Je combats donc quelque chose de maléfique, dit Gallivan.

— Ce n'est pas parce que vous combattez quelque chose de maléfique que vous êtes blanc comme neige dans cette histoire, Gallivan, intervint Oz. Combien d'enfants ont disparu ?

Le visage de Gallivan se durcit.

— Cette information est confidentielle.

— Ouais, répondit Oz, en tout cas votre goût du secret ne profite pas aux familles dont les enfants ont disparu. Vous n'avez pas fait grand-chose pour les aider. Vous avez l'air plus intéressé par la construction de votre centre de loisirs…

— Pour ce qui est du centre, je pense que nous pourrions parvenir à un arrangement, répondit Gallivan. J'ai besoin de ce parc, il est très bien placé, près des zones résidentielles et de l'autoroute. Si vous cessez de vous opposer à mon projet, je financerai l'aménagement d'un autre parc.

— Vous proposez de nous acheter ? s'indigna Willow.

— Les affaires sont les affaires, répliqua sèchement Gallivan.

— Mais ce parc n'est pas une affaire, justement ! Il a une valeur affective pour beaucoup d'entre nous et c'est un des plus beaux endroits de Sunnydale !

Sauf quand les vampires y rôdent… songea Willow.

— Réfléchissez bien à ma proposition, je vous ai dit que j'aménagerai un autre parc dans la ville, insista l'industriel.

— Il n'en est pas question, répondit Willow. Nous ne marchanderons pas !

Gallivan fit un signe de tête à ses gardes du corps qui se rapprochèrent.

— Bien. Je crois que la négociation est terminée. J'aurais aimé que nous parvenions à un accord, mademoiselle Rosenberg. Sachez que rien ne m'arrêtera. Ni vos efforts ni cette « créature » comme vous l'appelez. Et si le tribunal décide de poursuivre les deux lycéens qui ont saboté les bulldozers, je vous attaquerai pour incitation à la violence.

Gallivan fit demi-tour et s'éloigna d'un pas nerveux.

Willow revit Tad qui babillait dans ses bras.

— Et les enfants ? demanda-t-elle en lui emboîtant le pas.

— Nous les retrouverons. Et celui ou celle qui les détient paiera cher pour ces crimes.

— N'oubliez pas l'avertissement qu'on essaie de vous adresser, dit Oz en pressant le pas. Sinon vous pourriez bien le regretter.

Gallivan se figea.

— Est-ce une menace ?

— Non, répondit Oz. Je voulais juste vous rappeler que vous feriez bien d'être prudent.

— Je paie des gens pour assurer ma sécurité. Et je suis sûrement mieux protégé que vous.

CHAPITRE XI

— Les gardes du corps d'Hector Gallivan préservent le secret autour des disparitions, dit Maggie Chapin.

Cela confirmait ce que supposait Buffy.

— Savez-vous combien d'enfants ont disparu ? lui demanda-t-elle.

— A ma connaissance, six. On nous a pris Cory. J'ai appris que les Campbell avaient perdu leur fils hier soir. Les England ont perdu leurs jumeaux, les Molton et les Dixon leur fille.

— Quel âge ont ces enfants ?

— Entre huit et onze mois, répondit Maggie Chapin dont la voix se brisa. C'étaient tous des bébés.

Mais pourquoi les fées enlèvent-elles les bébés ? Quel but poursuivent-elles ?

— C'est terrible, soupira Buffy.

— Vous avez l'air bien jeune pour avoir des enfants. Quel âge ont-ils ? demanda Maggie en se levant pour aller prendre une photo sur la cheminée.

— Deux et quatre ans, improvisa Buffy. Nous les avons adoptées.

Mentir à Maggie la mettait mal à l'aise car la jeune femme ne leur avait rien caché.

— Peut-être ne risquent-ils rien. Je n'ai pas entendu parler de rapts d'enfants de plus d'un an.

Maggie tendit la photo à sa visiteuse.

— C'est Cory.

Buffy étudia le cliché, comprenant la souffrance que devait ressentir Maggie Chapin, privée de ce petit visage souriant.

— Il est magnifique, dit-elle en rendant la photo à Maggie.

— Je suis certaine qu'il est toujours en vie, affirma Maggie. Une mère sent ces choses-là…

Buffy hocha la tête. Elle comprenait mieux maintenant ce que sa mère subissait à cause d'elle…

— Que fait Gallivan au sujet des disparitions ? demanda-t-elle.

— Il dit qu'il a engagé des détectives privés pour mener l'enquête, et c'est sans doute vrai. J'en ai rencontré trois. Gallivan est persuadé que les enfants ont été kidnappés par quelqu'un qui veut le faire chanter. Vous n'ignorez pas qu'il est très riche.

— Vous croyez à cette explication ? demanda Buffy.

— Non, mais mon mari y croit, comme tous les autres employés de Gallivan d'ailleurs.

— Ils ne veulent pas prendre le risque d'être renvoyés, n'est-ce pas ? avança Angel.

— Oui. Sans leur travail, ils n'auraient rien. Ils sont persuadés que Gallivan va les retrouver.

Buffy s'agita sur le sofa, mal à l'aise.

— Quand Cory a-t-il disparu ? demanda-t-elle.

— Il y a huit jours…

— Avez-vous prévenu la police ?

La jeune femme hocha la tête.

— Bien sûr, le soir même. J'étais folle d'inquiétude. Pourtant Philip ne voulait pas que je le fasse. Il avait appelé Gallivan qui lui avait dit qu'il s'occuperait de tout et qui lui a demandé de s'assurer que je ne contacterais pas la police.

— Mais vous avez eu raison de le faire, approuva Angel.

Le soulagement se peignit sur le visage de Maggie Chapin.

— Je crois que oui, pourtant Philip a essayé de m'en dissuader jusqu'au dernier moment. Les policiers sont arrivés, je suis sortie dans le jardin pour leur parler. Je n'ai pas dû faire très bonne impression : je pleurais, je criais et j'insultais Philip qui était très calme. Il a dit aux policiers que nous revenions d'une soirée chez Gallivan où j'avais trop bu et que je racontais n'importe quoi. Il mentait. J'étais à la maison avec Cory.

— Vous étiez avec Cory quand il a disparu ?

— Oui.

Buffy se pencha vers la jeune femme.

— Pourriez-vous nous raconter ce qui s'est passé ?

— C'est impossible, vous ne me croiriez pas.

— Vous l'avez vue, n'est-ce pas ? La créature ?

La stupéfaction se peignit sur le visage de Maggie Chapin.

— Comment le savez-vous ?

— Je n'ai pas été entièrement honnête avec vous, reconnut Buffy, soulagée de pouvoir rétablir la vérité.

Une de mes amies faisait du baby-sitting chez les Campbell la nuit dernière quand leur fils a disparu.

— Elle a vu cette… cette créature ?

— Oui.

— Et vous, qu'avez-vous vu ? demanda Angel en fixant Maggie de son regard sombre.

Personne d'autre ne pourrait vous regarder aussi intensément, songea Buffy.

Mais Maggie hésitait.

— Faites-moi confiance, je vous comprends, j'ai connu la perte et la douleur moi aussi, lui expliqua-t-il. Et je veux éviter que d'autres ne subissent ce que vous avez subi. Nous tentons de découvrir ce qui est arrivé aux enfants pour les ramener à leurs parents.

Une lueur d'espoir traversa le regard de la jeune femme.

— Vous pensez y arriver ?

Angel hésita un instant.

— Nous allons faire tout notre possible.

— Il… il y avait cette horrible… *chose*. C'est le seul nom que je puisse lui donner. Au début, j'ai cru que c'était Cory.

— Mais il s'est transformé ?

— Oui. Il a pris un aspect terrifiant. Il avait des ailes et des griffes d'animal…

— Vous a-t-il parlé ? la pressa Buffy en se penchant vers elle.

— Oui. Je crois que c'est ce qui a convaincu Philip que j'étais folle. Mais il m'a bel et bien parlé. Il m'a demandé de dire à Gallivan d'arrêter de s'en prendre au parc, parce qu'il était sous sa protection. Et puis il s'est envolé. J'ai tout raconté aux agents.

Evidemment ils ne m'ont pas crue. Philip a dit que Cory était chez une baby-sitter engagée par la société Gallivan. Quand les agents l'ont appelée elle a dit que Cory était avec elle. Alors ils sont repartis. Ils n'ont pas mené d'enquête, ils ne m'ont pas appelée. Mais je ne quitterai pas cette maison.

Elle pense que son enfant va revenir, et qu'il aura besoin d'elle à son retour, comprit Buffy. *Elle l'attend. Comme maman m'attend. C'est ce qui lui permet de tenir malgré tout ce qu'elle sait...*

— Vous pensez vraiment qu'il y a un espoir de retrouver Tad ?

— Oui, répondit Angel d'une voix chaude.

Il se pencha et prit les mains de la jeune femme dans les siennes.

— Et nous vous croyons, Maggie.

Comme ils descendaient la rue largement éclairée qui menait à la sortie du lotissement, Buffy se sentit soudain glacée et frissonna.

— Ça va ? lui demanda Angel.

— Non, pas très bien, répondit-elle honnêtement. Son témoignage m'a bouleversée.

La jeune fille soupira et adressa un signe de la main à Maggie qui les regardait partir à la fenêtre du séjour.

— Je te comprends, mais il ne faut pas perdre espoir de retrouver les enfants. Où allons-nous maintenant, Buffy ?

— Au parc de Weatherly, voir si tout est calme.

Buffy accéléra le pas, comme si dépenser un peu d'énergie pouvait la débarrasser de sa peine.

— Trois cheeseburgers, deux frites, un milk-shake géant au chocolat et deux parts de tarte aux pommes.

Hutch se tourna vers Alex.

— Et toi, qu'est-ce que tu veux ?

Alex dévisagea son ami et secoua la tête.

— Tu es sûr d'avoir les moyens de nous nourrir tous les deux ?

— T'inquiète, répondit Hutch en faisant crisser les billets qu'il tenait à la main. Les deux dernières semaines ont été bonnes au magasin. Tu étais là quand le type est venu vendre sa collection de *X-Men* parce qu'il se mariait ? Les BD et les femmes, ça ne va pas ensemble. J'ai vu tellement de malheureux renoncer à leur collection le jour où ils se sont mariés.

Alex eut une vision d'horreur en imaginant le nombre de choses dont il faudrait qu'il se sépare s'il s'installait avec Cordélia.

Je ne laisserai jamais personne me priver de mes petits plaisirs, se promit-il.

— Commande-moi un cheeseburger, une frite et un milk-shake au chocolat, s'il te plaît.

Hutch secoua la tête.

— Je sais pas comment tu arrives à rester en vie en mangeant si peu… Hé, où est-ce que je peux acheter un chapeau en papier comme le vôtre ? demanda-t-il à l'employé qui préparait le plateau. Il vous va tellement bien que j'en voudrais un pareil !

L'employé eut un regard furieux qui fit rire Hutch à gorge déployée.

— Hutch, ce n'est vraiment pas drôle. Ce n'est pas

sa faute si on l'oblige à porter des vêtements ridicules. Allez viens t'asseoir.

Ils allèrent s'installer à une table du fond, au milieu de palmiers en plastique qu'un employé consciencieux avait vaporisés de désodorisant au pin.

— Avec un collier de fleurs autour du cou, on s'y croirait, hein ? demanda Hutch avant d'éclater de son rire tonitruant.

Ils se jetèrent sur leur repas avec appétit. Hutch eut fini d'ingurgiter son premier cheeseburger avant qu'Alex n'ait eu le temps d'avaler deux bouchées du sien.

— Tu comptes tes doigts après avoir mangé, pour être sûr de ne pas en avoir avalé un ? demanda Alex qui ne plaisantait qu'à moitié.

Hutch lui sourit avant de jeter un coup d'œil à la foule qui flânait dans le centre commercial.

— Alors là, en voilà une qui prend ses rêves pour la réalité ! dit-il en montrant une fille qui portait un pantalon trop moulant. Il lui aurait fallu au moins deux tailles de plus !

Alex ne répondit donc pas et continua à grignoter ses frites tout en regardant les informations locales.

Hutch achevait d'engloutir ses portions de tarte quand, tout à coup, il s'écria en montrant la télé :

— Hé, ça ne serait pas Willow ?

— C'est bien elle, confirma Alex.

La chaîne retransmettait en direct du parc de Weatherly un reportage où G.T. Rockett mettait l'accent sur le rôle déterminant que jouait Willow dans l'opposition à la construction d'un nouveau centre de loisirs par la société Gallivan.

— Willow m'a l'air d'être un sacré coup, déclara Hutch.

Alex déglutit avec difficulté.

— Tu ne devrais pas parler de Willow comme ça.

— Pourquoi ? J'ai abordé un sujet sensible ?

— Willow est une amie, dit Alex d'une voix tranchante. D'accord ?

Hutch haussa les épaules.

— D'accord. De toute façon, je disais ça comme ça.

Alex essaya de se concentrer sur les infos.

Le responsable de la sécurité de Gallivan raconta l'arrestation des deux élèves du lycée de Sunnydale qui avaient saboté des bulldozers. Puis le journaliste conclut sur la rencontre de Gallivan avec Willow, se demandant si un accord n'avait pas été conclu entre eux.

— Tu crois que Willow va s'aplatir devant ce type ? demanda Hutch à la fin du reportage.

— Je ne crois pas, répondit Alex en secouant la tête.

— Pourtant Willow n'a pas trop l'air d'être du style à l'envoyer balader.

— Ce n'est pas son style, c'est vrai, acquiesça Alex, mais elle ne renoncera pas. Quand elle croit en quelque chose ou en quelqu'un, elle est capable de se battre plus longtemps que n'importe qui.

— Peut-être, lâcha Hutch, d'un ton sceptique. En tout cas, tu peux être sûr que Gallivan ne va pas abandonner comme ça. Pourquoi tu n'es pas là-bas avec elle ?

— Tu connais Cordélia ?

Hutch hocha la tête.

— Ça l'énerve que Willow essaie de sauver le parc. Elle trouve que c'est une bataille ringarde, expliqua Alex.

Et elle m'a bien fait comprendre que je devais choisir entre le bal et le parc, se rappela Alex. Willow n'aurait jamais fait ça.

— Willow est très attachée à cet endroit, il lui rappelle son enfance, ajouta Alex.

— Elle est grande maintenant, sourit Hutch, une lueur intéressée dans le regard.

— Inutile d'être aussi enthousiaste, grogna Alex.

Bon sang, son appétit ne pourrait-il pas se limiter aux cheeseburgers ?

— Du calme, du calme, fit Hutch sur un ton apaisant.

— Cordélia a peur que le bal soit annulé à cause des manifs que Willow organise.

— Ravi de voir que Cordélia a aussi des priorités, railla Hutch.

— Qu'est-ce que tu veux dire ?

— Oh juste que Willow me semble avoir des valeurs plus élevées que Cordélia.

— Tu peux parler de respect pour des valeurs élevées ! Je crois me souvenir d'une remarque désagréable à propos du chapeau du serveur et d'une autre pas très élégante sur un pantalon moulant, il y a quelques minutes.

— Je n'ai jamais dit que j'étais parfait.

— Et je ne t'ai pas vu non plus manifester beaucoup d'intérêt pour lc parc.

— Pourtant, moi aussi, j'y ai grandi, souffla Hutch.

— Tu ne me l'avais jamais dit.

— Il y a beaucoup de choses que tu ignores sur moi, Alex.

Hutch resta silencieux quelques secondes, son regard s'attardant à nouveau sur le menu, au-dessus du comptoir.

— Ce qui m'étonne dans cette histoire de parc, reprit-il, c'est que la loi qui le protégeait semble s'être évaporée… Je me demande quelles magouilles Gallivan a mises sur pied pour faire approuver son projet et jusqu'où il est prêt à aller pour qu'il aboutisse. Il tente bien de passer sous silence la disparition de tous ces enfants, non ?

— Qui t'a transformé en Dick Tracy, tout d'un coup ? s'étonna Alex.

— Je me disais juste que ça serait drôlement intéressant d'en apprendre davantage sur tout ça.

— Pourquoi est-ce que je me sens tout d'un coup nerveux et mal à l'aise ? soupira Alex.

Hutch sourit et pianota sur la table.

— La société d'un des bons clients du magasin de BD a été choisie par Gallivan pour surveiller le parc.

— Quel rapport ? Et puis je croyais que c'étaient ses propres employés qui s'en occupaient ?

— J'y viens… Avec les manifs, Gallivan a besoin de vigiles supplémentaires. Le type pense que ça pourrait lui valoir une promotion…

— Il aura un plus gros badge, c'est ça ?

— Il espère avoir le droit de porter une arme.

— Ce n'est pas très rassurant…

— C'est le moins qu'on puisse dire, approuva Hutch. Il ne lit que des BD ultra-violentes et rêve de jouer au petit soldat.

— Et comment tu prévois d'en apprendre davantage sur les magouilles de Gallivan, si magouilles il y a ? demanda Alex.

Comme par magie, Hutch ouvrit la main, révélant un petit porte-clefs.

— Pendant que le type regardait les anciens numéros, je lui ai « emprunté » les clés de la société. Elle est pas loin d'ici, dans un petit immeuble. D'après ce que j'ai compris, Gallivan a connecté ses ordinateurs à ceux de la société de gardiennage.

Il a vraiment beaucoup réfléchi à tout ça, pensa Alex

— Il n'y aura personne au bureau, tous les vigiles sont en poste dans le parc et le chef dirige les opérations de sa voiture avec un ordinateur et un téléphone portable.

— Et que comptes-tu faire ?

— M'introduire dans le bureau et jeter un coup d'œil au système informatique. Je suis très doué avec les ordinateurs. Tu es partant ?

Alex réfléchit un instant. La perspective d'affronter le danger le poussait à dire oui. Et en espionnant la société Gallivan, il trouverait peut-être des renseignements utiles pour aider Willow.

— Je suis partant !

— On sera Butch Cassidy et le Kid, lança Hutch.

— Pas question ! Je ne veux pas finir criblé de balles. Ne nous porte pas la poisse avant qu'on n'ait commencé.

— Bon, on sera Bip-bip et le Coyote, alors, suggéra Hutch en se levant.

— Non plus.

— Starsky et Hutch ?

— Si tu veux, mais c'est moi qui conduis…

CHAPITRE XII

— La manifestation s'est bien passée finalement, dit Willow, soulagée qu'elle soit terminée.

Comme Oz ne répondait pas, elle se tourna vers lui.

— Tu ne crois pas ?

— Tu parles de quoi ? Du moment où on s'est tous unis pour sauver le parc ou de celui où on a dû hurler qu'il ne fallait pas faire sauter les bulldozers parce que c'était mal ?

— D'accord, concéda Willow. Ça ne s'est peut-être pas si bien passé que ça…

Ils traversèrent le parking mal éclairé, croisant les derniers manifestants qui partaient, pour rejoindre la camionnette d'Oz. Le bitume était couvert d'une mosaïque d'ombres semblables à des chausse-trapes prêtes à s'ouvrir sous leurs pieds.

— Tu as remarqué qu'il y avait plus d'adultes que d'habitude ? demanda Willow.

Oz lui ouvrit la portière.

— Ils avaient sûrement envie d'éviter à leurs enfants d'être conduits au poste de police et d'être enfermés quelques heures avec de vrais criminels !

— Tu plaisantes ! Tu plaisantes, c'est ça ? s'alarma Willow.

— Pas tout à fait. J'ai entendu dire que les parents de Jeannie Whitman étaient venus pour la surveiller de près.

— Jeannie ne ferait jamais rien de mal.

— Si je me souviens bien, dit Oz en tenant la portière à Willow, c'est elle qui a proposé d'amener des cocktails Molotov.

— Tu es sûr ?

— Ça m'étonne que tu ne l'aies pas entendue.

Oz s'installa au volant et démarra.

— Ça a dû m'échapper, bredouilla Willow.

— A ce moment, tu étais occupée à convaincre Craig de ne pas distribuer ses schémas comme si c'étaient des bonbons au chocolat…

Craig avait apporté des plans d'engins de terrassement qu'il avait trouvés sur Internet. Il avait signalé en rouge les câbles qu'il fallait couper pour les paralyser.

— D'accord, Oz, la manifestation ne s'est vraiment pas bien passée. Tu crois que je dois abandonner ?

— Tu te bats pour une bonne cause, Willow. Tant que tu ne dépasses pas les bornes, ça ira… Et, jusqu'à présent, tu ne les as jamais dépassées.

Willow se mordit la lèvre.

— Oui, mais d'autres personnes l'ont fait…

— Il y aura toujours des gens comme ça. Tu n'es pas responsable d'eux. Seulement de tes propres actes.

— Mais s'ils poussent d'autres personnes à dépasser les bornes ?

Où commence et où s'arrête ma responsabilité ? s'inquiéta Willow.

— Lance et Kelly *cherchent* des bornes à dépasser, dit Oz. Et Craig rêve du combat qui lui rapportera sa première médaille.

Tout à coup, une vision s'empara de l'esprit de Willow. Tad, vêtu de son joli pyjama Mickey, se tenait sur la route devant eux.

— Freine ! hurla-t-elle.

Oz s'arrêta brutalement.

Inquiet, il se tourna vers Willow.

— Qu'y a-t-il ?

Willow se frotta les yeux. L'image du bébé se brouilla puis disparut.

— Je viens de voir Tad sur la route !

Willow ouvrit la portière et sortit de la camionnette avant qu'Oz puisse l'en empêcher.

Qu'est-ce que ça signifie ? Pourquoi est-ce que j'ai ces visions ?

Mais là où elle avait vu le bébé quelques instants plus tôt, il n'y avait rien.

— Ça va ? lança Oz en la rejoignant.

— Je crois que oui. Mais je commence à me demander si je ne deviens pas folle…

— Si tu te poses la question, dit doucement Oz, c'est que la réponse est non.

— C'était censé être drôle ? murmura Willow.

— Admettons que j'ai loupé mon coup, admit-il. Ça va aller, Willow. Je ferai tout pour ça.

— Je dois retrouver Tad, affirma-t-elle, il le faut !

— Je sais. Je sais que tu veux le retrouver. Et tu y arriveras. Je t'aiderai.

Il la reconduisait lentement vers la camionnette quand le bruissement se fit entendre.

Trois formes ailées venaient de se poser sur les branches d'un arbre. Willow prit Oz par le bras et le tira vers la camionnette.

— Cours ! ordonna-t-elle. Cours le plus vite possible !

Derrière eux, dans un battement d'ailes, les fées prirent leur envol.

— Buffy ! Buffy !

Dissimulée sous un arbre du parc assombri par la nuit, Buffy scruta la clairière. La voix qui l'appelait lui semblait familière, mais elle ne parvenait pas à se souvenir à qui elle appartenait.

Un jeune homme vêtu d'une veste aux couleurs du lycée de Sunnydale et d'un pantalon de treillis, une pelle à la main, s'avançait vers elle. C'est alors qu'elle le reconnut.

— Tu t'appelles bien Buffy, pas vrai ? demanda-t-il quand il fut à quelques mètres d'elle, Buffy Summers ? Je t'ai toujours trouvée super sexy. Bien sûr, ce n'est pas le genre de chose que j'aurais dite pour entamer la conversation quand j'étais au lycée, mais…

— Quand tu étais au lycée ? répéta la jeune fille en dissimulant le pieu qu'elle tenait dans son dos. Mais tu es encore au lycée, Gary !

Elle entendit Angel, loin sur sa droite, se faufiler à travers les arbres pour la rejoindre.

— Tu te souviens de moi ?

— Oui, on avait un cours ensemble. Tu étais le clown de service, difficile de ne pas te remarquer.

Gary éclata d'un rire dément.

— J'avais raison quand je disais aux autres qu'ils te trouveraient drôle s'ils prenaient la peine de te connaître…

— Je n'ai pourtant pas très envie de rire, là tu vois.

— Peut-être parce que tu n'as pas compris la blague.

Sous le clair de lune, le jeune homme avait le teint cireux et ses yeux étaient profondément enfoncés dans leurs orbites.

— Quelle blague ?

— Toc, toc, toc !

— Qui est là ? demanda Buffy.

— Dwayne.

— Dwayne qui ?

— Dwayne le buveur de sang qui a très soif ! répondit Gary en riant à gorge déployée.

— On dirait que ça te plaît d'être un vampire ? demanda Buffy, toute compassion disparue.

— C'est plutôt cool, fit Gary en montrant ses crocs. J'aime bien boire un coup à chaque fois que j'en ai l'occasion.

Avant d'avoir pu répliquer, Buffy entendit des bruits suspects au-dessus de sa tête. Elle leva les yeux et aperçut deux vampires pendus aux plus hautes branches, la tête en bas, qui se balançaient en exhibant leurs canines.

Ils se laissèrent tomber comme des bombes. Buffy s'écarta d'un saut périlleux arrière, mais un des morts-vivants tomba sur elle et la plaqua au sol.

Il devait avoir une cinquantaine d'années et portait une salopette et une casquette publicitaire. L'odeur d'essence qu'il dégageait permettait de supposer qu'il était camionneur avant de mourir.

Quand il approcha ses crocs de la gorge de la jeune fille, son visage prit une apparence animale. Elle roula sur elle-même, puis elle le frappa au visage avec le tranchant de la main. Mais il se redressa dans un éclair et sa main glacée se referma sur le cou de Buffy, lui coupant la respiration.

— Toi aussi, tu la cherches, hein ? lui demanda-t-il d'une voix rocailleuse. Toi aussi, tu en as entendu parler !

Ayant réussi à libérer un de ses bras, Buffy enfonça ses doigts dans les yeux du vampire qui s'effrondra en hurlant de douleur. C'est alors que le second vampire l'attaqua. Mais au moment où il se jetait sur elle, la Tueuse brandit un pieu effilé. Le mort-vivant s'y embrocha et tomba en poussière.

Buffy se retourna vivement, alertée par le bruit d'une course précipitée. Gary arrivait droit sur elle. Quand il leva sa pelle pour la frapper, ses traits revêtirent une expression terrible.

Elle para l'attaque d'un coup de pied qui brisa le manche en deux.

Surpris, Gary s'immobilisa.

— Ça alors, dit-il. Je ne t'aurais jamais crue aussi forte.

— Tu vois comme on peut se tromper... Et maintenant, je crois que ton petit numéro a assez duré.

La Tueuse lui arracha le manche des mains et le lui enfonça dans le cœur.

Gary le saisit des deux mains et le regarda fixement.

— Euh… J'ai peut-être commis une erreur quelque part.

Il s'était à peine désintégré que le vampire camionneur essaya de se relever. D'un coup de pied, Buffy le renvoya au sol. Il cracha et se releva en raclant la terre de ses griffes, feinta et lui décocha un direct. Projetée en arrière, Buffy atterrit sur les fesses. Comme elle se remettait debout, encore abasourdie par la chute, il se précipita sur elle en hurlant.

Buffy l'arrêta d'un coup de pied dans le ventre. Il roula sur le sol, plié en deux par la douleur. La Tueuse le releva et l'adossa contre un arbre. Appuyant la pointe d'un pieu qu'elle venait de sortir de son sac à dos contre sa poitrine, elle fixa ses yeux morts.

— Je crois que c'était pas ton jour de chance, aujourd'hui. Tu ne te sens pas un petit « pieu » mal à l'aise ?

Le vampire la dévisagea, le regard plein de haine.

Ayant noté qu'aucun bruit de lutte ne montait plus des buissons voisins, Buffy appela :

— Angel ?

— J'arrive, j'arrive !

Son petit ami apparut dans la clairière, époussetant ses vêtements pour se débarrasser de quelques feuilles mortes.

— Encore deux de moins, ajouta-t-il.

— Sale traître ! siffla le camionneur.

— Tu le gardes pour quelque chose de spécial ? demanda froidement Angel.

— Oui. Je crois qu'il sait ce que ses congénères recherchent sur le site, répondit Buffy.

Elle regarda le vampire dans les yeux.

— Je me trompe ?

— Peut-être.

— Je peux te garantir que tu vas parler !

— Et tu me laisseras partir ?

— Laisse-moi réfléchir… Non !

Le mort-vivant ne sembla pas surpris outre mesure par cette réponse.

— Alors, je n'ai aucune raison de le faire.

Buffy fronça un sourcil.

— Vraiment ? Je pourrais te laisser cuire à petit feu sous les rayons du soleil levant…

— Tu ne ferais pas ça, s'inquiéta le vampire.

— Si, mentit Buffy, je le ferai.

— Il y a une autre possibilité, dit calmement Angel en sortant un flacon de la poche de sa veste et en le secouant d'un air menaçant. C'est de l'eau bénite. Il serait intéressant de voir à quelle vitesse brûlent tes doigts de pied… Si tu as entendu parler de moi, tu sais que je suis tout à fait capable de faire ça…

Buffy lut sur le visage du vampire qu'il capitulait.

— D'accord, d'accord. D'après la rumeur, des fées vivraient dans le parc et les fouilles les auraient fait sortir de leur tanière.

— En quoi cela concerne-t-il les vampires ? demanda Buffy.

— Selon une vieille légende, si un vampire découvre la maison des fées, un de ses vœux sera exaucé.

— Je n'ai jamais entendu parler de cette histoire, dit Angel, sceptique.

Le camionneur haussa les épaules.

— Tu n'es pas né ici, petit, pas vrai ?

— C'est exact, concéda Angel.

— Moi si. Et il y a des années qu'on raconte cette histoire. Et j'ai bien l'intention de retrouver la maison des fées.

Il fit brusquement volte-face, et parvenant à se libérer de l'emprise de Buffy, il s'enfuit à toutes jambes vers les bosquets voisins.

Buffy leva le pieu au-dessus de son épaule et visa. Il s'enfonça entre les omoplates du fuyard, qui tomba en poussière.

— Au moins, maintenant, on a une idée de ce qu'ils cherchent, soupira Angel.

Buffy le regarda, notant la façon dont les ombres jouaient sur son visage. Elle fit de gros efforts pour ne pas remarquer à quel point il était beau.

— Tu as remarqué qu'ils sont de plus en plus nombreux ? On en a tué huit ce soir, mais j'en ai vu une vingtaine rôder dans le coin.

— Je sais. Gary était au lycée hier, et ce soir il a refait surface transformé en vampire. C'est de pire en pire…

— Il n'y a qu'un moyen pour se débarrasser d'eux, affirma Angel.

— Faire déguerpir les fées, comprit Buffy. Giles y travaille et Willow est sûrement plus proche de la solution qu'on ne l'imagine. J'espère que la manifestation qu'elle organisait s'est bien passée, elle doit être terminée maintenant. Je vais l'appeler pour…

Un cri perçant s'éleva soudain dans le parc.

— C'est Willow ! s'exclama-t-elle.

Angel démarra à la vitesse de l'éclair. Buffy ne se laissa pas distancer, ses capacités de Tueuse la rendant aussi rapide que lui.

Pourvu que nous n'arrivions pas trop tard, pria-t-elle.

Entrer dans l'immeuble où était installée la société Baxter Gardiennage ne leur posa pas de gros problèmes. Alex suivait Hutch, étonné par la légèreté de son pas.

Les bureaux étaient situés au troisième étage, appartement 310. Hutch s'arrêta devant la porte vitrée où figuraient, en lettres écaillées, les heures d'ouverture, un bref message publicitaire et deux numéros de téléphone.

*Les affaires n'ont pas l'air florissantes, constata Alex. Il faut dire que dans une ville où il se produit une chose étrange à la minute les sociétés de gardiennage doivent avoir un taux de pertes plus élevé que celui de l'*Entreprise.

Alex colla son visage sur la porte, curieux de voir à l'intérieur.

— Recule-toi ! ordonna Hutch. Il y a peut-être une alarme !

Alex recula prudemment. Au centre commercial, l'idée de s'introduire dans les bureaux de Baxter Gardiennage avec l'espoir d'accéder au système informatique de la société Gallivan lui avait vraiment semblé géniale. Maintenant qu'il était sur place, Alex avait des sueurs froides…

— Finalement, ce n'était peut-être pas une très bonne idée, lança-t-il sur un ton qu'il voulait détaché.

— Tu ne vas pas te dégonfler maintenant ? demanda Hutch en s'agenouillant devant la serrure de la porte d'entrée.

— Bien sûr que non, répondit Alex.

Mais il suffirait de pas grand-chose.

Hutch sortit de sa poche une bombe aérosol.

— Puisque c'est fermé, je suppose que tu vas te contenter d'un graffiti de mauvais goût ?

— On va entrer, le détrompa Hutch.

Il ajouta un petit bec en plastique à sa bombe, l'introduisit dans la serrure et appuya sur le bouton pressoir. Alex eut l'impression que l'aérosol faisait autant de bruit qu'un Boeing 727 au décollage.

Il jeta un regard nerveux dans le couloir.

Quelques secondes plus tard, Hutch ouvrait la porte.

— Tu viens ? demanda-t-il à Alex.

— Ouais.

Il entra à contrecœur.

— Qu'y avait-il dans cette bombe ?

— Du graphite. Ça déverrouille les serrures bon marché.

— Tu as appris ça où ?

Alex retrouvait un peu de courage. Tout se passerait peut-être bien, finalement.

— Dans le dernier numéro d'*ArachniKid*. Tu vois, ça sert, la culture !

— Lire les aventures d'un type qui a huit bras et aucune vie sociale ne fait pas partie de mes priorités, répliqua Alex.

D'ailleurs, ce ne sont pas les huit bras qui me gênent le plus. C'est l'absence de vie sociale. J'ai l'impression qu'on parle de moi.

Hutch referma la porte derrière lui.

— L'ordinateur est là, chuchota Alex en désignant le bureau de la secrétaire.

— Ce n'est pas celui-là. Le type qui vient au magasin dit que son patron est un maniaque du secret. C'est là-bas qu'il faut aller.

Il se dirigea vers la porte du fond, dont il força bruyamment la serrure.

— Je suppose que tu as une bonne raison de ne pas utiliser de graphite, avança Alex.

Hutch se prend trop au jeu...

— Bien sûr. Quel intérêt d'entrer dans un endroit si on ne le fait pas savoir aux propriétaires ?

— Ça, je ne saurais pas te le dire…

— Fais-moi confiance ! C'est bien plus marrant comme ça.

Hutch poussa la porte et entra.

— Dis donc, ce type est vraiment fou…

Les murs étaient couverts de photos qui représentaient des policiers en action.

Ça impressionne peut-être les clients... supputa Alex.

Hutch s'installa au bureau, fit craquer ses doigts, puis alluma l'ordinateur.

— Voyons ce qu'il a dans le ventre, marmonna-t-il.

Alex regardait l'écran où les informations défilaient à toute vitesse. Les exploits que Willow réalisait avec un ordinateur lui parurent soudain limités comparés au talent de Hutch.

Et pour la première fois, il remarqua vraiment ses mains.

— Hé, ton index est drôlement plus long que ton majeur ! s'exclama-t-il.

Hutch transforma sa main en pistolet imaginaire et tira. Puis il souffla sur le « canon ».

— C'est plus pratique pour viser. Tu es en train de me dire que je suis difforme, ou quoi ?

— Non, non…

Tout en pianotant sur le clavier, Hutch sortit un paquet de M&Ms de sa poche, l'ouvrit et commença à en croquer quelques-uns.

— T'en veux, Alex ?

— Sans façon. Le repas au fast-food m'a rassasié.

— Excellent, jubila le pirate informatique. L'ordinateur est bien relié à celui de la société Gallivan. Dès que j'aurai franchi les systèmes de sécurité, on sera comme chez nous.

Et si une alarme se déclenche quand on pénètre sur le système informatique de Gallivan, on fait quoi ? se demanda Alex.

Il tenta de ne pas montrer qu'il était au bord de la panique.

CHAPITRE XIII

— Desmond ! Ça me fait vraiment plaisir de t'entendre, ça fait longtemps que je ne t'avais pas eu au téléphone, s'exclama Giles.

Il essuya ses mains sur l'immense tablier qu'il portait tout en éteignant le feu sous le faitout.

Pendant les années où il s'était préparé à devenir Observateur, il avait appris que les repas devaient parfois attendre.

— Bonjour Giles, je suis très heureux de t'entendre, moi aussi.

— Tu as eu le temps de regarder le document que je t'ai faxé ?

— Bien sûr, mon ami. Sinon, je ne me permettrais pas de t'appeler si tard.

— Il est encore plus tard chez toi, Desmond. Ou plus tôt, selon le point de vue.

— *Da !* Et mes vieux os craquent davantage qu'autrefois.

— Je suis sûr que tu as encore de longues années devant toi.

Desmond Tretsky avait un peu plus de quatre-vingt-dix ans, mais il était encore en pleine forme.

— Merci pour ta gentillesse. Il est vrai que l'hiver de la vie ne m'est pas trop rude. Le document que tu m'as adressé est intéressant, bien que lourd de présages.

— Oui, d'après ce que j'en ai compris, ça m'a l'air plutôt… problématique.

— Nous vivons sur le fil du rasoir, Giles, tu le sais. Et généralement, nous ne pouvons compter que sur notre cervelle pour éviter de nous couper.

— Nous pouvons aussi compter sur notre Tueuse.

— Mon cher Giles ! Tu surestimes toujours la valeur des filles que nous entraînons. A part se battre, elles ne savent pas faire grand-chose.

Même s'ils étaient les meilleurs amis du monde, Desmond et Giles avaient une vision très différente du rôle de la Tueuse.

— Buffy est très douée, tu sais.

— Oui, et je suis persuadé que tu l'entraîneras fort bien pendant le temps qu'il te reste à passer avec elle.

Frustré que Desmond lui rappelle à quel point le rôle d'un Observateur pouvait être bref, Giles soupira. Mais il ne lui en tint pas rigueur. Il savait que la Tueuse que Desmond avait entraînée s'était fait abattre sans avoir le temps de mettre en application ce qu'il lui avait appris et que le vieillard en éprouvait encore de l'amertume.

— Ce texte est absolument fascinant, tu ne trouves pas ? lança Giles, qui espérait orienter la conversation sur un autre sujet.

— Les fées, comme tu le sais, ne sont pas inconnues de notre groupe. En as-tu déjà rencontré personnellement ?

— Non.

— La plupart, comme tu t'en rendras compte si cela t'arrive, sont extrêmement perfides. Elles mentent et elles volent. Certaines sont même capables de tuer.

— Comme la créature à qui nous avons affaire ?

— Oui. Et je ne suis pas sûr que cette créature relève de tes compétences.

— Mais son *activité* concerne une des personnes de l'entourage de Buffy.

— Méfie-toi des fées, mon ami, ce sont des êtres pervers qui pourraient bien provoquer une tragédie.

— J'en suis conscient, soupira Giles. Et je tiendrai compte de ton conseil.

— Ce serait judicieux. Mais venons-en au texte que tu as découvert sur le site des fouilles. Il s'agit du journal d'un trappeur russe nommé Dimitri, venu s'installer sur la côte nord-ouest des Etats-Unis pour établir un comptoir de fourrures. Il raconte comment, par hasard, il a un jour découvert la lanterne.

— La lanterne ?

— Oui, cet objet possède un grand pouvoir et Dimitri le savait. On lui avait souvent raconté, quand il était petit, la légende qui s'y rapportait. Un soir, alors qu'il fêtait une grosse vente de fourrures dans une taverne près de San Francisco où il s'était établi depuis peu, son regard fut attiré par une lanterne posée sur le comptoir. Elle était ornée de caractères cyrilliques. Il s'empressa de la racheter au propriétaire de la taverne. Mais avant que j'achève de te raconter l'histoire de Dimitri, remontons un peu dans le temps…

Oz et Willow couraient de toutes leurs forces, poursuivis par les fées qui se rapprochaient rapidement, menaçantes.

— Baisse-toi ! cria Oz.

Sans ralentir, il réussit à enlever son blouson et à le lancer sur une fée de cinquante centimètres, armée d'une hache en pierre, qui s'apprêtait à frapper Willow.

Le blouson enveloppa la créature qui tomba sur le sol avec un bruit sourd. De ses mains et de ses pieds minuscules, elle tenta de se libérer du vêtement en les maudissant de sa petite voix.

De courtes flèches fendirent l'air, manquant Willow de quelques centimètres. Elle protégea sa tête de ses mains et continua à courir, Oz à ses côtés. Les projectiles s'enfoncèrent devant eux, formant des rangées de piquets.

— Willow ! cria une fée.

Ils n'étaient plus à quelques mètres de la camionnette, quand Willow vit une flèche se planter dans le cou d'Oz. Il frémit, trébucha sur une fée qui s'était glissée entre ses jambes, et tomba sur le sol.

Les fées s'amassèrent alors au-dessus de la jeune fille en un groupe aussi dense qu'un essaim.

Willow saisit Oz par les épaules et essaya de le relever.

— Va-t'en ! lui ordonna-t-il. Laisse-moi !

— Je ne t'abandonnerai jamais, Oz ! Essaie de te relever, fais un effort je t'en supplie !

Oz la regarda fixement et essaya de se dégager de son emprise. Soudain ses yeux se fermèrent et son corps se relâcha.

Willow le secoua de toutes ses forces en hurlant son nom.

Les fées emplissaient le ciel du bourdonnement de leurs ailes et le clair de lune les nimbait d'une lueur argentée.

— Tu dois venir avec nous, Willow, dit une fée en se détachant du groupe.

— Jamais ! Laissez-moi !

— Tu ne veux pas sauver les enfants ?

— De toute façon, vous m'en empêcherez ! répondit Willow.

Oh, Oz, pourvu que tu n'aies rien... S'il te plaît, réveille-toi.

— Tu dois sauver le parc, Willow, tu dois nous aider.

La fée glissa une main dans la bourse en cuir qu'elle portait à la ceinture et jeta une poignée de poudre brillante au visage de Willow.

Bientôt, son esprit cessa de fonctionner et elle vit le sol venir à sa rencontre.

— L'histoire de cette lanterne m'a été racontée par un collègue de mon cercle, commença Desmond. On dit qu'elle protégeait celui qui la possédait de la maladie et de la mort tout en lui assurant la richesse et la puissance. Elle a été fabriquée en Russie par une famille de riches propriétaires terriens, les Drozdov, qui était très en vue à la cour du tsar grâce au *domovoï* qui la protégeait. Ce *domovoï*, nommé Elanalora, était le roi d'une tribu de fées à qui un lointain ancêtre de Drozdov avait apporté son aide. En remerciement, Elanalora avait accordé sa protection à ses descendants et juré qu'il serait toujours près de sa famille dans les difficultés. Drozdov était habité par une ambition démesurée. Il complota et tenta de renverser le tsar, mais il échoua et fut condamné à mort. Il parvint à échapper de justesse à la garde du tsar, et à embarquer avec sa famille sur un navire en partance pour les Amériques.

— La Californie ?

— Oui. Avant d'embarquer, il rappela au roi la promesse qu'il avait faite à son ancêtre et il lui demanda de rassembler son peuple et de partir avec lui. Il fit entrer le roi Elanaloral et ses sujets dans une lanterne en leur jurant de les libérer dès leur arrivée. Malheureusement, le bateau ne parvint jamais à destination. Il sombra près du port de San Francisco pendant une tempête. Dimitri raconte dans son journal que lorsqu'il acheta la lanterne au propriétaire de la taverne, ce dernier lui confia qu'il l'avait découverte échouée sur la grève après un naufrage, quelques années plus tôt…

Buffy et Angel sortirent en courant du couvert des arbres et découvrirent la camionnette d'Oz arrêtée au milieu de la route, les portières ouvertes.

Plus loin, un nuage de bulles brillantes flottait

dans l'air au-dessus d'Oz, allongé sur le sol, inconscient.

— Oz ! cria Buffy.

Elle se précipita vers lui, balayant les alentours du regard. Il n'y avait aucune trace de Willow…

Tout à coup, les bulles de savon éclatèrent libérant les fées qu'elles contenaient. Elles brandissaient des arcs et des épées aiguisées, en poussant des cris suraigus. L'une d'elles se précipita vers Buffy, sa lame en avant.

Elle esquiva le coup et frappa la fée en pleine poitrine. Sous le choc, elle fit un bon en arrière, battant frénétiquement l'air de ses ailes.

— Attention, Buffy ! cria Angel qui se battait quelques mètres plus loin.

Une petite hache fendit l'air à la vitesse de l'éclair et manqua de justesse le visage de la Tueuse. Elle avança et, d'un coup de pied, envoya la fée au sol.

Buffy se souvint tout à coup que, le matin même, Giles avait évoqué les armes qui pouvaient vaincre les fées.

Le fer ! Mais oui, c'est ça ! Il a dit : « Seules les armes en fer peuvent blesser les fées. » Mais je n'ai rien en fer sur moi ! Que des pieux en bois ! Il faut absolument que je trouve quelque chose pour me défendre !

C'est alors qu'une fée plongea la main dans la petite sacoche qu'elle portait à la ceinture, s'approcha d'elle et lui lança au visage une poignée de poudre brillante.

Buffy échappa au nuage d'un saut périlleux

arrière. Elle ne prit pas la peine de prévenir Angel du danger, car il ne respirait plus depuis longtemps.

Les fées, voyant que Buffy avait échappé à leur stratagème, se regroupèrent alors en rangs serrés et décochèrent une volée de flèches dans sa direction.

Elle se jeta sur le côté pour l'éviter et, d'un bond, s'élança sous le couvert des arbres. Là, elle pourrait s'accorder quelques secondes de répit.

Elle avançait prudemment, cherchant une arme pour se défendre, quand elle trébucha sur le sol. Le sol était couvert de pierres de bonne taille. Elle soupira de soulagement, puis elle émergea des branchages.

Les fées étaient massées au-dessus d'Angel, l'attaquant de tous côtés.

La Tueuse lança les pierres à toute volée, faisant mouche avec une précision surprenante. Sous la force de l'impact, les fées reculèrent.

L'une d'elles donna alors l'ordre de battre en retraite. En quelques secondes, dans un grand mouvement d'ailes, elles avaient disparu.

— Angel, tu n'as rien ? demanda Buffy.

— Tout va bien, ne t'inquiète pas, mais il était temps que tu fasses quelque chose !

Ils regagnèrent la route où Oz était toujours étendu, inconscient et s'agenouillèrent à côté de lui.

Buffy souleva doucement sa tête et ôta la flèche qui était fichée dans son cou. Péniblement, Oz ouvrit les yeux et murmura d'une voix rauque :

— Willow, où est Willow ?

— Ils l'ont emmenée, dit Angel en posant la main sur l'épaule de son ami. Mais nous la ramènerons.

Oz fit un faible signe de la tête.

— Elle a dit qu'elle avait vu Tad. C'est pour ça que nous nous sommes arrêtés.

— Tout ira bien, lui promit Buffy. Nous allons prévenir Giles et Alex et partir à sa recherche.

CHAPITRE XIV

— Et vous savez où se trouve la lanterne aux fées aujourd'hui ? demanda Giles avec curiosité.

Desmond sourit.

— Tout nous pousse à croire qu'elle pourrait être sur le site de fouilles. Car Dimitri connaissait la tribu indienne dont vos archéologues sont en train d'examiner les vestiges. Il séjournait souvent dans leur village et il était devenu leur ami. C'est lors d'un de ses séjours qu'il est parvenu à annuler en partie le sort qui empêchait les fées de sortir de la lanterne. Il espérait qu'elles exauceraient ses vœux.

— Il les a libérées ?? ?

— Seulement quelques-unes. Mais les fées ne faisaient plus confiance aux hommes et elles refusèrent de satisfaire sa demande. Elles passèrent un accord avec les vampires pour qu'ils les aident à délivrer leur communauté. En échange, elles s'engagèrent à les protéger : si un vampire était tué, les fées rassemblaient ses cendres et le ressuscitaient grâce à leur magie.

— Ressusciter des vampires ! s'exclama Giles. Mais c'est incroyable !

— Il y a bien des choses incroyables dans notre monde, crois-moi. Avec l'aide des vampires, les fées libérées attaquèrent le village indien et tentèrent de voler la lanterne. Plusieurs membres de la tribu furent tués. Quand le chef du village comprit que cette attaque était liée à la lanterne, il la déroba à Dimitri.

— Qu'est-il arrivé à Dimitri ?

— Le chef indien le bannit du village. Après son départ, il parvint à défaire le sort qui liait les fées à la lanterne et conclut un marché avec le roi Elanaloral. En échange de la libération de son peuple, le roi des fées s'engageait à protéger la tribu, ainsi que les bois où elle vivait, de ses ennemis.

— Les Indiens furent pourtant tués…

— Oui… Mais les premières découvertes des archéologues laissent penser que c'est une épidémie qui les a emportés lors d'un hiver rigoureux.

Giles ouvrit son carnet de notes à la page où il avait noté le récit de Willow sur la disparition du bébé Campbell.

— Et que sais-tu sur une chose nommée la Pierre Sacrée ? demanda.

— La Pierre Sacrée ! C'est là que ça devient encore plus intéressant…

La facilité avec laquelle Hutch craqua les systèmes de protection informatiques de la société Gallivan stupéfia Alex.

Des pages remplies de noms, de chiffres et d'images défilaient sur l'écran tandis que Hutch se déplaçait de site en site sans une hésitation.

— Qu'est-ce que tu cherches ? demanda Alex.

— Je jette juste un coup d'œil.

— Tu as l'air de chercher quelque chose de précis pourtant.

Hutch sourit.

— Que chercherais-tu si tu étais à ma place ?

— Peut-être une liste des bébés disparus. Et un compte rendu des efforts fournis par les agents de sécurité de Gallivan pour les récupérer.

— J'ai déjà la liste des bébés, répliqua Hutch, je l'ai copiée sur une disquette. Là, je suis sur le site de la sécurité, je cherche le code qui me permettra de consulter les dossiers.

Depuis quelques minutes, le sixième sens était en éveil. Pas avec la même intensité que lorsqu'il combattait les vampires, mais avec assez d'insistance pour qu'il ne puisse pas l'ignorer.

— Et là, qu'est-ce que tu copies ?

— Les gardes ont fait des fouilles dans le parc, expliqua Hutch. Je copie les relevés topographiques et géologiques et des photos aériennes.

— C'est là que les vigiles de Gallivan cherchent les bébés ?

— Ouais. Et ils cherchent autre chose apparemment… La lanterne ! s'écria Hutch subitement. Ils cherchent la lanterne !

— Quelle lanterne ?

Hutch hésita une seconde, puis secoua la tête.

— Je ne sais pas. Il y a juste une remarque, là, à propos d'une lanterne.

— Pourquoi Gallivan s'intéresserait-il à un truc de ce genre ?

— Ce n'est pas précisé. Tu pourrais peut-être le lui demander la prochaine fois que tu le verras !

— J'y penserai…

Soudain, le moniteur clignota.

— Je suis repéré ! lâcha Hutch en tapant frénétiquement sur le clavier. On essaie de me localiser.

— Fichons le camp ! On en sait assez maintenant !

— Non, pas encore ! Il m'en faut un tout petit peu plus. L'emplacement est indiqué ici, j'en suis sûr. C'est bon, je l'ai presque.

Hutch tapait sur le clavier à une vitesse surhumaine. Une série de cartes apparut. Le jeune homme sourit.

— Oui ! Je l'ai !

— Mais quoi ?

— Ce que je cherchais…

— Je croyais qu'on travaillait en équipe, s'étonna Alex.

— C'est le cas. Mais il y a des choses qui se font moins en équipe que d'autres.

Il éjecta la disquette et la glissa dans la poche de sa chemise.

— Allez, on y va ! ordonna-t-il en se dirigeant vers le couloir.

Hutch, mon vieux, se dit Alex, *ton intérêt pour cette histoire me semble aller au-delà du simple plaisir de jouer au pirate informatique. Il est temps de voir de quoi il retourne.*

Le dossier qu'Hutch avait sélectionné était encore à l'écran. Alex, en quelques secondes, inséra une disquette qui traînait sur le bureau et en fit une copie. A peine l'eut-il éjectée que le moniteur s'éteignit définitivement.

Il rejoignait Hutch dans le couloir, lorsque le faisceau d'une torche électrique déchira l'obscurité et les éclaira en plein visage.

— Là-bas ! cria le vigile qui les avait repérés.

Il appela son collègue :

— Viens m'aider, ils sont deux !

Alors ça, c'était vraiment un bon plan, pensa amèrement Alex.

Hutch se précipita dans le couloir, Alex sur ses talons. Quand ils franchirent la porte de l'escalier, Hutch avait déjà un mètre d'avance sur lui.

Nom de nom, comment ai-je fait pour me laisser entraîner dans cette histoire ?

Le souffle court, Alex dévalait les marches aussi vite qu'il le pouvait. Les gardes se rapprochaient peu à peu. Il atteignit enfin le rez-de-chaussée, étonné de ne plus entendre Hutch courir devant lui et s'engouffra dans l'escalier qui menait au parking. Il le traversa en slalomant entre les voitures. Arrivé à l'entrée, il changea brusquement d'allure et sortit d'un pas lent, en saluant nonchalamment l'employé assis dans sa guérite.

Une fois dehors, il courut jusqu'à la voiture. Il arriva trop tard : Hutch tournait déjà au coin de la rue, en faisant crisser ses pneus.

Ça alors ! Mais comment a-t-il fait pour arriver si vite ? Bon, il n'y a plus qu'une chose à faire maintenant.

Il traversa la rue et pénétra dans une cabine téléphonique.

Il appela Buffy, mais sa mère lui apprit qu'elle était sortie. Chez Giles, il eut le répondeur. Il tenta enfin de joindre Cordélia. Elle était sur le point de sortir.

— Où es-tu ? lui demanda-t-elle, inquiète. Buffy vient d'appeler, elle te cherchait partout. Willow a été enlevée par les fées. On a rendez-vous avec Giles près de la cabine.

La nouvelle fit à Alex l'effet d'un coup de poing dans l'estomac.

— Tu peux passer me prendre, Cordy ? On vient de me laisser tomber. Ça serait bien qu'on s'arrête chez Willow avant de rejoindre les autres. J'ai besoin de son ordinateur portable. Je crois que je viens de découvrir une chose importante, conclut-il en tapotant sur la disquette qui était dans sa poche.

Il avait même découvert deux choses importantes.

Une malformation physique, un appétit incroyable, un humour plein de méchanceté, une disparition soudaine... Il n'y a qu'une explication.

— Giles est arrivé ! s'écria Oz.

Il désigna du doigt la voiture de l'Observateur qui stationnait près de la cabine téléphonique.

En s'approchant, Oz pila pour éviter une voiture luxueuse qui déboîtait à l'improviste devant lui. Sa présence dans le quartier à une heure aussi tardive lui sembla surprenante.

Buffy sortit de la camionnette en pestant contre la conduite brutale de son camarade, et enfila son sac à dos rempli des armes qu'elle avait choisies pour la nuit.

Giles vint à leur rencontre, une vieille valise en cuir à la main, suivi d'Alex et Cordélia.

— J'ai peur que cette histoire soit encore plus grave que je ne le pensais, annonça-t-il. Il va falloir faire vite.

— D'accord, lâcha Cordélia en prenant une profonde inspiration. Dites-moi à quel point c'est grave. Sur une échelle de un à dix. Un, c'est porter la même robe qu'une dizaine d'autres filles à un bal de promo et dix, c'est être sur le point de subir une opération de chirurgie esthétique qui vous permettra de jouer sans maquillage dans un épisode de *La Quatrième Dimension*.

— J'ai fait traduire le document que nous avons découvert sur le site de fouilles, annonça Gilles d'un ton tragique. Nous avons bel et bien affaire à des fées.

— Giles, elles ont des ailes, elles sont mauvaises, elles jettent sur les gens de la poudre pour les endormir et elles possèdent des armes miniatures, soupira Buffy. Même Timmy aurait compris qu'il s'agissait de fées sans que Lassie ait besoin de le lui japper à l'oreille.

— Ces fées-là sont particulières, précisa Giles, imperturbable. Je vous expliquerai ce que je sais en chemin. Prenons la camionnette d'Oz.

Willow s'éveilla péniblement dans l'obscurité. Le sang battait à ses tempes et elle était glacée. Des battements d'ailes résonnaient tout autour d'elle, entêtants.

Elle était allongée sur un sol dur et froid qui lui blessait le dos.

Vraiment pas le type d'endroit où j'aime cocooner...

Elle fit un effort pour conserver son calme. Les battements d'ailes s'accentuèrent. Petit à petit, une douce lumière dorée illumina la grotte immense où elle était retenue prisonnière. Des fées se déplaçaient en voletant, allumant des chandelles posées dans des cavités creusées dans la roche.

Elle se raidit et ferma les yeux. Il valait mieux éviter d'attirer l'attention de ses ravisseurs.

— Tu perds ton temps, Willow, proféra une voix rauque tout près de son oreille. Nous savons quand tu dors et quand tu es éveillée.

Des serres froides glissèrent sur sa joue.

— Tu dois te lever, maintenant. Nous attendions que tu sois prête à nous rejoindre.

— Alors finalement cette lanterne, c'est un peu comme la lampe d'Aladin, conclut Alex assis à l'arrière de la camionnette. On la frotte et on a droit à quelques vœux pour changer sa vie.

— Exactement, fit Giles. Et cela soulève bien des convoitises. Sans compter que les fées ont une idée bien précise sur la façon dont les choses doivent se dérouler ce soir.

Et Willow est entre leurs mains, pensa Buffy tandis qu'Oz fonçait dans la nuit pour les conduire là où elle avait été enlevée.

Quand les serres glacées soulevèrent Willow pour la mettre debout, elle hurla de douleur.

— Suis-moi ! ordonna la fée en lui lançant un regard cruel.

Elle lui indiqua le chemin, tout en voletant derrière elle.

— Je veux savoir où est Oz, sinon je ne bouge pas !

— Ne mets pas ma patience à l'épreuve ! Le roi Elanaloral veut faire ta connaissance et t'informer du grand service que tu vas nous rendre. Avance, ou sinon…

Et elle lui piqua la jambe avec sa lance. La jeune fille s'exécuta en criant de douleur.

— Les fées ne feront pas de mal à Willow, dit Buffy. Elle est de leur côté puisqu'elle lutte contre le projet de la société Gallivan !

— C'est sans doute ce qui a attiré leur attention, mais je crois qu'elles l'ont enlevée pour une autre raison.

Giles hésita avant de poursuivre.

— Les fées ont besoin d'une personne liée au surnaturel…

— Mais pourquoi ne font-elles pas appel aux vampires ? demanda Angel.

— Parce qu'ils ne conviennent pas pour ce qu'elles ont à faire. Ils sont déjà morts et elles ont besoin d'une personne humaine et vivante pour fournir de l'énergie à un artefact qu'elles appellent la

Pierre Sacrée. J'ai peur que les fées n'aient l'intention de sacrifier Willow.

Buffy sentit son cœur bondir dans sa poitrine.

La fée guida Willow jusqu'à une petite porte. Elle se baissa pour la franchir et entra dans une vaste salle ovale, où se tenaient d'innombrables fées, toutes armées d'arcs, de lances ou d'épées.

— Approche, sorcière, lui ordonna une voix stridente. Approche, que je puisse te voir.

Willow s'avança à contrecœur.

Une fée ratatinée et minuscule était assise sur un trône en bois sculpté placé entre les mâchoires béantes d'un crâne de pierre dont les orbites étaient emplies de charbons ardents.

— Viens plus près. Je veux voir l'être exceptionnel qui, selon Chammeus, nous rendra le pouvoir qui nous appartient.

L'être exceptionnel ? pensa Willow. *Ça me ressemble, non ? Alors, pourquoi ça ne me dit rien qui vaille ?*

Willow fit quelques pas en direction du trône. De plus près, le vieux roi ressemblait à un cadavre. Sa peau grisâtre semblait cousue à la va-vite sur son squelette difforme. Son front osseux surplombait des yeux noirs rapprochés. Ses doigts tordus tenaient avec difficulté un sceptre d'os et de jade et une couronne de brindilles acérées était posée de travers sur sa tête étroite.

— Agenouille-toi, jeune fille, ordonna-t-il d'une voix cassante. Je suis Elanaloral, le roi des Enfants des Ténèbres, et tu me dois obéissance et respect.

Mais Willow, malgré la peur, resta debout et demanda :

— Où sont les enfants ?

— Comment oses-tu m'interroger avec tant d'insolence ?

— Je veux savoir si les enfants vont bien, répéta Willow d'une voix ferme en fixant le roi droit dans les yeux.

Une fée s'avança alors respectueusement jusqu'au roi, les yeux baissés.

— Cette personne ignore les égards qui sont dus à votre rang, Majesté, elle a été conduite ici pour la résurrection de la Pierre Sacrée.

— Alors conduisez-la dans la grotte et préparez-la ! grogna Elanaloral. Bientôt, la Pierre Sacrée retrouvera tout son pouvoir !

CHAPITRE XV

— D'après le texte que mon ami Desmond m'a faxé, la Pierre Sacrée est particulièrement importante dans la mythologie des fées. A l'origine, les rois des fées en reçurent chacun une de leur créateur. Le roi des *domovoï*, Elanaloral, eut la sienne.

— Et qui était ce créateur ? demanda Angel.

Giles haussa les épaules.

— Personne ne le sait vraiment. De nombreuses légendes racontent les origines de la mythologie féerique. Choisissez-en une au hasard. Elle sera aussi authentique que n'importe quelle autre. Mais je peux vous raconter celle qui…

Ça y est, pensa Buffy, agacée, *nous voilà repartis pour une longue histoire.*

— Vous parliez des pierres sacrées, Giles, l'interrompit-elle, ça semble plus en rapport avec ce qui nous intéresse.

— D'accord, d'accord, je reprends, dit-il conciliant. Ces pierres sacrées mémorisent, au fur et à mesure que le temps se déroule, l'histoire de leurs peuples et les connaissances qu'elles acquièrent. En quelque sorte, elles constituent leurs archives. Elles permettent aussi aux rois qui les possèdent d'obtenir le meilleur de leurs sujets. Enfin, elles ont le pouvoir de les protéger contre les blessures du fer. Il peut arriver parfois qu'une pierre sacrée meure. On ignore pour quelles raisons exactement. Pour lui rendre son pouvoir, les fées pensent que le sacrifice d'un être humain, aussi proche qu'elles de la nature, est nécessaire.

Le sacrifice d'une sorcière... pensa Buffy.

Elle échangea un regard horrifié avec Angel.

— Mais vous parlez de sacrifices humains ! releva Oz, livide.

— Il y a malheureusement eu, dans l'histoire de l'humanité, des civilisations dont les pratiques religieuses reposaient sur de tels sacrifices, rappela Giles.

— Dans ce cas, nous n'avons pas de temps à perdre ! s'exclama Buffy en sortant de son sac à dos bourré à craquer un bâton ferré.

Et elle le fit tournoyer sans le moindre effort à une vitesse telle que ses extrémités devinrent floues.

— Mais où se trouve le repaire des fées ? s'inquiéta Cordélia. Aux dernières nouvelles, ce parc est immense. Et en plus il grouille de vampires.

— J'ai peut-être des informations qui pourraient nous aider, intervint Alex.

Il leur raconta ses mésaventures en compagnie de Hutch dans les bureaux de Baxter Gardiennage.

— J'ai pris l'ordinateur portable de Willow en venant. Il ne reste plus qu'à y insérer la disquette... Eh Oz, roule moins vite ! J'ai failli faire tomber l'ordi !

Une carte s'afficha.

— Pourquoi Hutch s'intéresse-il à ça ? demanda Buffy, penchée sur son épaule.

Alex eut un instant d'hésitation.

— Je ne sais pas vraiment.

— Il est possible que ton ami Hutch soit arrivé aux mêmes conclusions que nous après avoir entendu l'histoire de Willow, supposa Giles.

— Vous voulez dire qu'il chercherait aussi la lampe d'Aladin ? demanda Oz.

— Oui. Comme Hector Gallivan, si je me fie à ce que nous a rapporté Alex de la conversation qu'il a eue avec Willow.

— Mais quand Gallivan a-t-il commencé à chercher la lanterne ? Avant ou après s'être décidé à construire le centre de loisirs ? demanda Angel.

— C'est une bonne question, murmura Giles distraitement tout en considérant le plan. Ces croix indiquent probablement l'emplacement des grottes. Nous pouvons supposer que c'est dans l'une d'elles que les fées ont emmené Willow.

— Oui, mais où précisément ? s'impatienta Cordélia. Les grottes sont nombreuses et il y a des tunnels partout qui les relient les unes aux autres. On ne va pas creuser quand même ?

— Et là cette double croix, qu'est-ce que c'est ? L'entrée peut-être ? s'interrogea Giles.

— Les fées sont les championnes de l'illusion et des faux-semblants, non ? lança Alex.

— Ça fait partie de leurs talents, confirma Giles.

— On est arrivés. C'est le moment de démêler le vrai du faux ! dit Buffy.

Buffy inspecta le site des fouilles qu'elle avait dû quitter précipitamment avec Giles quelque temps plus tôt. Elle fut soulagée de n'y voir aucun vampire.

— J'ai pu consulter la liste des objets découverts par l'équipe d'archéologues de l'université, dit Giles. La lanterne n'y figure pas. Nous avons encore une chance de la trouver.

— Vous êtes bien optimiste ! lança Alex. Elle n'est peut-être plus là depuis longtemps.

— Cherchons quand même. Si nous la trouvions, elle nous donnerait peut-être un avantage sur les fées ! répliqua Giles en descendant sur le site. D'après mes sources, elle n'a pas perdu son pouvoir sur elles. Elles peuvent être ramenées à l'intérieur si on allume la mèche. Nous savons que le chef indien est le dernier à l'avoir possédée. J'ai téléchargé le plan du village reconstitué par les archéologues cet après-midi. Son tipi se trouvait par ici.

Giles sortit une torche et une pelle de sa valise. Un cercle de lumière blafarde éclaira bientôt le sol. Il dégagea un bloc de terre, puis commença à l'effriter avec précaution, dégageant tour à tour trois pointes de flèches, une lame de couteau cassée et des fragments de poteries.

— Tout ça ne ressemble pas vraiment à une lanterne… soupira Angel qui le regardait faire.

— Nous n'allons pas attendre que vous ayez fini vos fouilles pour chercher Willow, remarqua Buffy.

— Exact, concéda Giles. Partageons-nous le travail. Buffy, Angel et Oz, vous partez à l'endroit marqué d'une double croix sur la carte de Gallivan. Moi, je reste ici avec Alex et Cordélia.

— Ne comptez pas sur moi pour faire des fouilles pendant que Willow est prisonnière des fées ! s'exclama Alex. Je pars aussi à sa recherche.

Giles le regarda droit dans les yeux.

— Tu restes là.

— Mais pourquoi ? gémit-il.

— Premièrement, parce que j'ai besoin d'aide. Une autre paire de bras musclés sera la bienvenue pour retourner toute cette terre. Excuse-moi, Cordélia, les tiens comptent aussi, bien sûr. Deuxièmement, parce que Buffy et Angel sont les plus qualifiés pour une tentative de sauvetage dans les grottes. Et troisièmement parce que je ne me sens pas le droit de demander à Oz de rester ici.

— OK, grogna Alex, vous m'avez convaincu.

Il se tourna vers Oz.

— Ramène-la, mon vieux.

— Ne t'inquiète pas. Je la ramènerai.

— Faites place, Indiana Jones, claironna Alex en rejoignant Giles sur le site. Cordélia, je te passe une pelle ?

— Vous savez ce que farfouiller dans cette terre ferait à mes ongles ? pleurnicha-t-elle.

— Oui, et ce serait catastrophique, répondit Giles. Tu trouveras dans ma valise une paire de gants qui devrait t'aller. Il y a aussi un petit détecteur de métal. Sors les talkies-walkies, et passes-en un à Oz, nous les utiliserons pour rester en contact.

A contrecœur, Cordélia descendit sur le site et enfila les gants.

— Soyez prudents, leur recommanda Buffy. N'oubliez pas les vampires !

— Soyez prudents aussi ! dit l'Observateur. Les fées sont dangereuses. Nous vous rejoindrons dès que nous le pourrons.

Buffy s'enfonça dans le parc avec Angel et Oz, son bâton ferré à la main.

Elanaloral voletait au milieu des stalactites d'une grotte immense, éclairée par des chandelles de cire d'abeille qui projetaient des ombres mouvantes sur les parois. Le roi des fées se posa sur une corniche, tandis que Willow approchait, conduite par ses gardes.

Des dizaines de fées, nichées dans des cavités creusées le long des parois, l'examinaient d'un regard mauvais, se réjouissant à l'avance de ce qui allait se passer.

Tout à coup, le gazouillement d'un bébé résonna sous les hautes voûtes. Willow tourna la tête vers une petite grotte faiblement éclairée.

Des enfants dormaient paisiblement sur une couche d'herbes sèches. Seule une petite fille qui avait à peu près le même âge que Tad était éveillée.

Willow esquissa un geste pour se précipiter vers eux, mais deux fées armées de lance lui barrèrent le passage.

— Ne t'approche pas des enfants, ordonna Elanaloral.

— Je veux juste voir s'ils vont bien !

— Ils se reposent. Nous ne leur avons fait aucun

mal, affirma le roi des fées. Nous ne sommes pas dénués de compassion.

— Ce sont des enfants, insista Willow. Ils ont besoin d'être près de leurs parents.

— Ils sont ici pour nous aider à lutter contre les humains qui veulent détruire le parc, dit Elanaloral.

— Mais Gallivan se moque de ces enfants ! Vous ne le comprenez donc pas ?

— Tu te trompes, affirma le roi des fées. Ces enfants sont ceux des barons de sa cour. Et les humains ont tendance à tenir à leurs petits.

Mais lorsque la Pierre Sacrée aura été ressuscitée, nous n'aurons plus rien à redouter de lui. Il y a ici une source de puissance comme nous n'en avons jamais vu.

Il parle de la Bouche de l'Enfer ! comprit Willow en sursautant.

— Après tant d'années, reprit le roi, nous comprenons enfin pourquoi nous sommes arrivés ici. Cette puissance nous a recherchés et guidés. Puis elle nous a conduits à toi. Car tu sembles avoir un lien avec elle.

A cause de Buffy ? se demanda Willow.

Après tout, son amie faisait échec aux créatures que la Bouche de l'Enfer attirait et libérait.

— Une fois que nous aurons puisé à sa source et ressuscité la pierre sacrée, nous serons invincibles ! cria Elanoloral en agitant son sceptre. Il est temps maintenant ! Préparez-la ! ordonna-t-il à ses sujets.

Des battements d'ailes bruissaient dans la nuit. Buffy leva les yeux et, dans un réflexe, leva son bâton vers le ciel. Un hibou glissa au-dessus des arbres et disparut rapidement.

— Ça va, Buffy ? demanda Angel. Tu as l'air nerveuse et fatiguée.

— Je n'ai pas la forme nécessaire pour faire le dernier jour des soldes dans les grands magasins, mais ça ira. J'espère que nous allons retrouver Willow.

— J'en suis sûr, affirma Angel en posant une main sur son épaule.

— C'est ce que j'ai dit à Oz, chuchota Buffy assez bas pour que ce dernier ne puisse pas l'entendre.

Il marchait derrière eux, examinant la carte qu'Alex avait imprimée avant qu'ils ne partent.

— Mais ça ne veut pas dire que j'y crois, ajouta-t-elle.

— Pourtant la foi peut déplacer des montagnes, répliqua Angel.

— Mais l'avoir est parfois difficile…

— Si c'était simple, ça n'aurait pas autant de valeur.

— Nous y sommes presque, annonça Oz. Il faut qu'on tourne à droite après ce bosquet.

Buffy regarda Angel qui sondait l'obscurité.

— Tu vois certains de nos vieux amis dans le coin ? demanda-t-elle.

Le vampire secoua la tête.

— Personne à l'horizon.

— Passe devant, Oz, ordonna la Tueuse. Nous te suivons.

Oz accéléra et se glissa entre les arbres. Il se déplaçait comme un prédateur et Buffy se demanda combien de jours il restait avant la pleine lune.

Quelques minutes plus tard, ils se retrouvèrent face à un tumulus couvert d'herbes hautes et surmonté de broussailles.

— Nous y sommes, déclara Oz.

Angel examina la carte.

— Oui, d'après la carte c'est bien là, concéda-t-il.

Il donna un grand coup de poing dans la paroi qui s'entrouvrit sur un tunnel éclairé par des bougies.

Oz s'avança et resta quelques instants immobile, les mains posées au sol.

— Willow est là.

— Je passe la première, dit Buffy. Appelle Giles et dis-lui que nous sommes arrivés.

— D'accord.

C'était un des traits de caractère d'Oz que Buffy appréciait le plus : là où d'autres auraient tenté de s'imposer, il s'effaçait sans difficulté, reconnaissant qu'elle était plus qualifiée que lui pour certaines tâches.

Agrippant son bâton, Buffy se faufila dans l'ouverture. Aussitôt, deux fées l'attaquèrent au visage avec leurs couteaux en pierre.

Quand Alex enfonça une nouvelle fois sa pelle dans le sol, un tintement métallique retentit.

Giles abandonna le monceau de terre qu'il était en train d'examiner avec Cordélia et se précipita vers lui.

— Fais doucement surtout, lui recommanda-t-il.

— Doucement ? répliqua ce dernier, sarcastique. Cet objet a résisté à l'eau de mer et à un séjour prolongé dans la terre et vous croyez vraiment qu'une pelle pourrait l'endommager ?

— Ça se pourrait, répondit l'Observateur, imperturbable.

Avec précaution, Giles retira l'objet du sol et dégagea la terre qui l'entourait. Bientôt, sous la lumière de la torche que tenait Cordélia, apparut une lanterne délicatement ciselée, d'un métal gris ardoise. Elle représentait un ours dressé sur ses pattes arrière, la gueule grande ouverte.

— C'est ça qu'on cherchait ? railla Cordélia. Une très chouette lampe, vraiment. Idéale pour les amateurs de déco à l'ancienne…

— Ah, voilà l'inscription mentionnée par Dimitri, murmura Giles sans lui répondre.

Tout à coup, un craquement retentit derrière eux. Alex se retourna en brandissant sa pelle. Elle ne serait pas d'une grande efficacité pour éliminer un vampire, mais elle permettrait au moins de le ralentir.

Seulement, ce n'était pas un vampire.

— Hutch ? lança Alex, stupéfait.

— Hé, Alex, lança le jeune homme, ça te dérangerait si je jetais un coup d'œil à la lanterne ?

— Oui, ça me dérangerait. On l'a trouvée et on va la garder.

Hutch cessa de sourire.

— Je ne peux pas te la laisser, mon vieux. Nous en avons besoin.

— Nous ? Qui ça, nous ?

Hutch désigna deux habitués du magasin de BD qui l'accompagnaient.

— Et il y en a d'autres qui suivent.

Alex se dressa sur la pointe des pieds et vit au loin des silhouettes qui se rapprochaient.

— Je sais qui tu es, Hutch, maintenant, déclara Alex. Ce soir, quand j'ai vu tes doigts, j'ai compris.

Cordelia intervint :

— Tu oublies qu'il mange de quoi nourrir une armée et qu'il est d'une méchanceté sans bornes !

— Un Usurpateur ! s'exclama Giles.

— Oui, et il est sûrement de mèche avec le roi *Hélène-a-le-moral* !

— Tu te trompes, Alex, répondit Hutch. Mon groupe a rejeté l'autorité du roi Elanaloral il y a bien longtemps déjà. Il voulait que nous restions cachés, car il craignait que quelqu'un trouve la lanterne et ne réussisse à nous y enfermer. Mais nous, nous avons préféré vivre parmi les hommes en prenant la place de leurs enfants. Donne-moi la lanterne maintenant, Alex.

— Il n'en est pas question.

— Assez discuté, grogna un des Usurpateurs.

Il changea brusquement d'apparence et se transforma en monstre aux oreilles plaquées en arrière et aux dents pointues. Quand il sauta sur Alex, celui-ci le frappa avec la pelle.

Hurlant de rage, la créature se releva d'un bond, mais elle prit une teinte noirâtre et elle se liquéfia sur le sol.

— C'est bien ça, le bois pour les vampires, le fer pour les fées, ça marche ! cria Alex.

Il plongea sur le côté quand un deuxième Usurpateur, d'un saut périlleux, se réceptionna près de lui sur ses grands pieds griffus.

Alex s'empara de l'épée en fer que Buffy lui avait confiée et l'enfonça dans la poitrine de l'Usurpateur.

Aussitôt, son corps prit une teinte noirâtre et il s'effondra. Bientôt, il ne resta plus de lui qu'une petite flaque noirâtre qui fut vite absorbée par la terre.

— Pauvres idiots ! cria Hutch. Maintenant, vous allez tous mourir !

Alex se campa sur ses pieds et saisit l'épée à deux mains.

— Je t'attends ! dit-il.

A cet instant, d'autres Usurpateurs sortirent du couvert des arbres et se précipitèrent dans la fosse.

— Tu as peut-être lancé un défi un peu présomptueux, non ? demanda Giles en ramassant un gourdin à l'extrémité ferrée.

Mais d'autres ombres firent soudain leur apparition sur le site. Un regard sur leur visage bestial et sur leurs crocs pointus suffit à Alex pour comprendre qui ils étaient.

Les vampires et les Usurpateurs se lancèrent bientôt dans une lutte à mort… Ou plutôt, pour ce qui concernait les premiers, dans une lutte d'après-mort. Les crocs des vampires semblaient sans pouvoir sur les fées, dont ils arrachaient les membres.

D'après les cris et les insultes qui retentissaient, Alex comprit que les vampires se battaient pour la possession de la lanterne.

— Partons vite d'ici ! Les spectateurs doivent probablement servir de dessert !

CHAPITRE XVI

Buffy se baissa et parvint à éviter les coups dc couteaux des fées.

Elle leva son bâton et l'enfonça dans la poitrine d'une des créatures, qu'elle plaqua contre la paroi. Sous le choc, elle lâcha son arme. Avant qu'elle ait eu le temps de toucher le sol, Buffy frappa la seconde fée d'un revers de son bâton.

Elle recula et vit leurs petits cadavres noircir puis se liquéfier sur le sol.

— Au moins, elles sont biodégradables ! se félicita-t-elle.

Angel la rejoignit et jeta un bref coup d'œil à l'endroit où les créatures avaient disparu.

— Il y en aura davantage là où nous allons, dit-il.

Il portait au poignet gauche un petit bouclier et serrait un gourdin dans la main droite.

— Je viens d'avoir Giles, dit Oz qui arrivait à sa suite, ils ont trouvé la lanterne, ils arrivent. Ils ont échappé de justesse à une sacrée bataille.

Et tandis que Buffy ouvrait la marche le long des tunnels, il leur raconta ce qui s'était passé sur le site.

Les fées plaquèrent Willow au sol. De la corniche où il se tenait, Elanaloral leva la main et fit quelques passes magiques. Lentement, quatre racines émergèrent du sol et s'enroulèrent comme des serpents autour des poignets et des chevilles de la jeune fille.

— Non, supplia Willow. Non, ne faites pas ça !

— La Pierre Sacrée doit être recréée, répondit le roi imperturbable.

Willow tira d'un coup sec sur les racines, mais elle ne réussit qu'à s'écorcher les poignets. La sève qui s'en écoula lui brûla la peau.

A grands coups d'ailes Elanaloral vint se placer au-dessus de la jeune fille et, ouvrant la main, lui montra l'objet qu'il tenait.

— Voici la Pierre Sacrée que tu vas ressusciter.

Willow regarda la pierre, fascinée. Des centaines de runes minuscules y étaient gravées. Certaines étaient couvertes de minuscules éclats de silice et brillaient intensément. D'autres étaient peintes de couleurs vives.

Chaque rune semblait contenir un monde et enrichissait la rune suivante, qui l'enrichissait en retour.

— Si les profanateurs de la terre n'étaient pas à l'œuvre en ce moment, je ne serais pas aussi pressé. Je ne peux plus attendre. La Pierre Sacrée doit être ressuscitée pour nous permettre de détruire la lanterne avant qu'on ne nous y enferme pour exaucer les vœux des humains. Alors je la relierai à l'énergie qui dort sous nos pieds et elle sera la plus puissante du monde.

— La Bouche de l'Enfer est très puissante et très

dangereuse, l'avertit Willow. Vous risquez de détruire votre peuple au lieu de le sauver.

Et pas uniquement le vôtre, songea-t-elle.

Jouer avec la Bouche de l'Enfer pouvait provoquer l'apocalypse ou pire, le règne éternel des forces du mal…

— Que vont devenir les enfants ? demanda Willow.

Elanaloral la dévisagea, une lueur de stupéfaction dans ses petits yeux sombres.

— Leur sort t'inquiète plus que le tien ?

— Je veux être sûre qu'on ne leur fera pas de mal.

— Nous prendrons soin d'eux. Nous les élèverons comme nos propres enfants et nous leur apprendrons à respecter nos coutumes. Nous les entraînerons pour qu'ils remplissent le même rôle que les Usurpateurs : surveiller les humains qui pourraient nous faire du mal.

— Ce n'est pas la vie qu'ils devraient avoir, s'insurgea Willow. Ce n'est pas bien.

— Ce que décrète le roi est bien, et voilà ce que j'ai décrété ! tonna Elanaloral. Même si j'utilise la langue barbare des humains, je pense avoir été clair !

Il sortit une dague composée de trois lames de sa ceinture.

Willow, qui avait étudié les sacrifices religieux, savait qu'elle devait perforer le corps afin que la blessure reste ouverte et que la victime soit rapidement saignée à mort.

— Adieu, sorcière ! lança le rois des fées en levant sa dague. Ton sacrifice nous permettra de vivre sans danger pour l'éternité !

Ils progressaient silencieusement dans les tunnels du domaine des fées, quand tout à coup un groupe de trois gardes les attaquèrent.

Alors que Buffy se baissait pour éviter une flèche, Angel s'interposa. Le projectile se planta dans son bras jusqu'à l'empennage.

Buffy sortit troïs billes de fer de son sac à dos.

Elle contourna Angel et les lança.

Les deux premières firent mouche et transformèrent instantanément leurs cibles en flaques noires tandis que le troisième garde s'enfuyait dans le tunnel pour donner l'alarme.

Angel retira d'un coup sec la flèche de son bras, sa blessure ne saignait pas. Le lendemain matin, elle serait guérie.

— Ça va ? demanda Buffy.

Le vampire hocha la tête.

— Oui. J'ai cru que tu n'aurais pas le temps de réagir.

— Merci, Angel.

— A ton service.

Ils reprirent leur progression le long des tunnels largement éclairés, Buffy en tête.

Soudain, le tunnel se divisa. Buffy ralentit.

— On prend à droite ou à gauche ?

— Un instant, répondit Oz en consultant la carte.

Mais le talkie-walkie crachota, attirant son attention.

— Oui ?

— Nous sommes devant l'entrée, annonça Giles, le souffle court. Mais je crains que la bataille entre les fées et les vampires ne soit terminée… Ils nous rattrapent ! Vous avez trouvé Willow ?

— Pas encore. Suivez le tunnel principal pour nous rejoindre.

Un mouvement brusque, venant du tunnel de droite, fut le seul avertissement que reçut Buffy. Elle se tourna vers Oz, l'attrapa d'une main et le poussa de l'autre côté du tunnel afin de lui éviter d'être transpercé par une flèche.

Angel frappa avec son bouclier la fée qui se jetait sur lui. Elle se liquéfia et coula le long du mur.

Quatre fées harcelaient Oz qui parvint à en tuer une avec son gourdin tandis que Buffy, utilisant son bâton, projetait les deux autres au loin.

La quatrième hurla et se précipita sur elle, une lance dans ses petites mains. La Tueuse l'envoya au tapis d'un coup de pied. Après avoir fait tournoyer son bâton, elle la transperça de la pointe en fer.

— Le bon tunnel est sans doute le mieux gardé ! lança-t-elle. Il faut aller à droite !

Le bourdonnement sourd qui résonnait dans le passage rappela à Buffy un documentaire sur les abeilles qu'elle avait regardé avec Willow…

— Non !

Buffy avait reconnu la voix de Willow. Elle accéléra encore et pénétra dans une grotte éclairée par d'innombrables chandelles.

Au-dessus de Willow, se tenait le roi des fées, une dague de pierre à la main, prêt à frapper.

Buffy projeta son bâton comme une lance, visant la dague.

Quand le bâton la toucha, une gerbe d'étincelles

jaillit. La petite main desséchée du roi lâcha aussitôt prise et hurlant de rage, il s'éleva dans les airs pour tenter de récupérer son arme.

— Tuez-la ! ordonna-t-il d'une voix terrible.

Buffy ignorait s'il parlait d'elle ou de Willow. De toute manière, aucune des deux hypothèses n'était acceptable. Elle se mit en position défensive pour recevoir les fées qui volaient dans sa direction, armées de lances, de couteaux et de petites épées.

La Tueuse fit confiance à ses réflexes. Du talon, elle repoussa une de ses adversaires, puis elle se tourna et en frappa une autre d'un coup de coude. Enfin, elle sauta pour éviter les flèches qui visaient ses pieds.

Angel se frayait un chemin jusqu'à elle en jouant de son gourdin.

— Buffy ! Attrape ! cria-t-il.

Il enleva le bouclier en fer qu'il portait au poignet gauche et le lui envoya.

— C'est un vampire ! cria une fée. Ils se sont alliés aux humains ! Plantez un morceau de bois dans son cœur !

Trois créatures bandèrent leurs arcs.

Après avoir estimé la distance et l'angle d'attaque, Buffy lança le bouclier comme un frisbee. Il rebondit sur une paroi, brisa deux arcs, ricocha et heurta le troisième archer, le tuant sur le coup.

Buffy fit un saut périlleux avant pour éviter deux créatures qui voulaient la frapper aux jambes avec leurs couteaux en pierre. En se réceptionnant, elle ramassa son bâton.

Puis elle passa à l'offensive, se laissant guider par

sa vitesse et par ses réflexes. Elle ne pensait qu'à une chose : survivre.

Elle ne put parer toutes les attaques et fut touchée de nombreuses fois. Le bâton tournoyait entre ses mains comme s'il était animé d'une vie propre.

Angel se battait en tournant sur lui-même à la vitesse de l'éclair, fendant le groupe de fées qui l'entourait et ne les laissant pas s'approcher de lui.

Oz pendant ce temps s'était approché de Willow et s'était attaqué aux racines qui la retenaient prisonnière.

Buffy remarqua tout à coup que le nombre de leurs adversaires avait diminué.

C'est alors que Giles, Alex et Cordélia firent irruption sur le champ de bataille. L'Observateur, une lanterne en forme d'ours dans une main, un gourdin de l'autre, se battait avec l'adresse d'un escrimeur, portant des coups précis et imparables, tandis qu'Alex et Cordélia brassaient beaucoup d'air pour peu de résultats.

Alex s'approcha de Willow et aida Oz à couper les racines qui entravaient ses chevilles et ses poignets.

— Par ici ! cria Cordélia.

Une créature que Buffy ne put identifier avait passé sa main par l'ouverture et saisit sa cheville. Malgré sa peur, Cordélia conserva assez de présence d'esprit pour frapper le bras qui l'agrippait.

Son agresseur se liquéfia comme les fées.

— C'était quoi ? demanda-t-elle à Alex.

— Un Usurpateur, répondit-il. Différents et plus redoutables, comme les Klingons Impériaux de *Star Trek : La Nouvelle Génération.* Résumé du programme télé : ce sont toujours des méchants, mais encore plus dangereux. Ils se sont infiltrés dans notre monde depuis cent cinquante ans. Celui-ci était peut-être mon ancien copain Hutch.

Bientôt un groupe d'Usurpateurs et de vampires envahit la grotte, détournant l'attention des fées.

— Il y a une autre sortie ! cria Oz.

— Où ça ? demanda Buffy en reprenant son bâton.

Malgré son métabolisme de Tueuse, elle commençait à s'épuiser.

— D'après la carte, il y a un tunnel de l'autre côté de cette paroi couverte de signes juste derrière toi… dit Oz. Elle ne devrait pas être très épaisse.

Buffy se concentra et d'un coup de pied fissura la pierre.

— Arrêtez-les ! ordonna Elanaloral. Il ne faut pas qu'ils nous échappent !

Les fées redoublèrent d'efforts.

— Je couvre tes arrières, proposa Alex.

Il transperça une créature qui se désintégra aussitôt.

Buffy donna un nouveau coup de pied et le mur s'effondra.

— Sésame, ouvre-toi ! Où mène ce tunnel ?

— Vers la surface, répondit Oz. Ça doit être un puits désaffecté.

Le passage était plongé dans l'obscurité la plus totale. Oz prit la main de Willow et s'engagea dans le tunnel.

— Non, protesta Willow. Les enfants… Nous devons sauver les enfants.

— On va les récupérer, promit Buffy en se dirigeant vers l'alcôve où ils étaient réunis.

Des vampires et des Usurpateurs continuaient à pénétrer dans la caverne et la bataille faisait rage. Oz prit un enfant dans ses bras. Willow en saisit un autre, imitée par Alex, Giles, Cordélia et Buffy.

— Beurk ! gémit Cordélia. Quelqu'un ne voudrait pas échanger le mien contre un autre qui soit encore sec ?

— Avance ! lui ordonna Giles.

Angel maintenait leurs ennemis à distance. Il tuait les fées et les Usurpateurs avec son gourdin et renvoyait dans la mêlée les vampires qui tentaient de s'échapper.

Ils franchirent aussi vite qu'ils le purent le passage ouvert par Buffy. Oz, Giles, Cordélia et Alex allumèrent leurs torches, éclairant le chemin sinueux et accidenté qui s'ouvrait devant eux

Angel couvrait toujours leurs arrières. L'étroitesse du couloir lui facilitait les choses.

Buffy serra l'enfant qu'elle portait contre elle en se demandant si c'était le fils de Maggie. Ce bébé appartenait à quelqu'un à qui il manquait terriblement. C'était tout ce qui comptait.

Une minute plus tard, la Tueuse sentit de nouveau l'air frais de la nuit sur son visage. Elle vit Oz se frayer un chemin à travers un enchevêtrement de racines et de broussailles. Les autres le suivirent, passant plus facilement une fois qu'il eut dégagé le passage.

Elle appela l'Observateur.

— Giles, prends le bébé, je vais avoir besoin de

mes deux mains. Courez jusqu'à la voiture pendant que j'essaie de retenir les fées avec Angel.

Quand elle le rejoignit, Angel reculait, touché par une dizaine de petites flèches qui avaient manqué son cœur de peu.

Buffy fit tournoyer son bâton, qui rencontra immédiatement des cibles.

— Nous n'aurons pas le temps d'atteindre la voiture, cria Giles. Filons vers les bulldozers, ils sont tout près. Ils nous fourniront une protection.

— Mais il doit y avoir des vigiles, objecta Alex.

— Vu le nombre de vampires qui rôdent dans les parages, répondit l'Observateur, je serais très étonné qu'ils viennent nous ennuyer.

Il prit la tête du petit groupe qui partit en courant, les enfants endormis dans les bras, encore sous l'influence du sortilège que les fées leur avaient lancé.

Buffy continuait à jouer du bâton, repoussant les fées qui s'approchaient. Elle commençait à avoir mal aux bras et ses vêtements étaient trempés de sueur. La fatigue mettait en péril leurs chances de survie… Un coup d'œil à Angel lui apprit que ses forces diminuaient également.

Buffy utilisa les billes de fer qui lui restaient pour abattre les fées qui franchissaient le rempart qu'elle formait avec Angel. Elle touchait souvent sa cible.

Giles et son petit groupe atteignirent les bulldozers en moins de deux minutes. Ils se nichèrent sous l'un d'eux, enveloppèrent les bébés de leur mieux avant de les poser sur le sol.

Buffy, Angel, Alex et Giles attaquaient les fées qui essayaient de s'approcher.

Non loin de là, le combat opposant les vampires aux Usurpateurs devenait de plus en plus féroce. Certains morts-vivants avaient compris que les crocs et les griffes n'étaient pas aussi utiles contre les fées que les armes de la Tueuse et de ses amis et s'étaient emparés d'objets en fer trouvés autour du site de fouilles. Les Usurpateurs et les fées tiraient flèche après flèche sur les vampires, réussissant souvent à toucher le cœur.

— Il ne faut pas rester ici, dit Buffy à Giles.

L'Observateur hocha la tête. Son visage était maculé de sang.

— La lanterne, haleta-t-il. Il faut allumer la lanterne ! Elle emprisonnera les fées.

Il la décrocha de sa ceinture.

— Vous en êtes sûr ?

— La lanterne est censée posséder un pouvoir sur ces créatures, répondit Giles. C'est ce que j'ai de mieux à te proposer, pour le moment.

Buffy frappa un vampire qui essayait de l'attaquer. Elle ne l'avait pas tué, mais quand il recula, un Usurpateur se jeta sur lui et lui enfonça une branche cassée dans le cœur. Alors que le mort-vivant tombait en poussière, Buffy lança :

— Allons-y pour votre meilleure proposition du moment ! déclara-t-elle en saisissant la poignée de la lanterne que lui tendait Giles. Vous avez une allumette ?

Le bibliothécaire fouilla dans ses poches puis secoua la tête, l'air lugubre.

— Malheureusement non, dut-il reconnaître.

Alex tendit un Zippo qu'il ouvrit avec le pouce.

— *Come on, baby, light my fire,* chantonna-t-il, citant les Doors.

Buffy prit le Zippo et se précipita dans la clairière. Des fées l'attaquèrent, mais elle les repoussa avec son bâton. Quand un vampire se jeta sur elle, elle sauta pour esquiver, puis reprit sa course.

Angel se plaça derrière la Tueuse, défiant quiconque de s'en prendre à elle. Elle posa la lanterne par terre.

A quelques mètres de distance, la jeune fille aperçut les cadavres de deux agents de la sécurité.

Les vigiles de Gallivan ne nous causeront pas de problèmes...

Elle ouvrit la lanterne dont l'intérieur était tapissé de suie. Mais il n'y avait ni mèche, ni pétrole.

Buffy regarda autour d'elle. Elle savait qu'Angel et elle étaient devenus l'œil de la lutte qui faisait rage dans la forêt. Tendant le bras, elle déchira un bout de la chemise d'un vampire avant qu'Angel ne lui enfonce dans le cœur la branche qu'il avait ramassée. Le mort-vivant tomba en poussière pendant qu'elle plaçait le morceau de tissu dans la lanterne. Quand elle alluma le briquet, l'étoffe commença à brûler.

— Non ! cria une voix hystérique.

Buffy leva les yeux et vit Elanaloral, une lance dans la main. Soudain, elle se sentit moins coupable à l'idée d'utiliser la lanterne.

Quand les méchants menacent de vous réduire en bouillie, adieu les scrupules !

Elanaloral plongea la main dans la bourse qu'il

portait à la ceinture et en sortit une poignée de poussière lumineuse.

Buffy savait qu'elle ne pourrait pas rester près de la lanterne si la créature jetait sa poudre soporifique. Elle prit ses deux dernières billes en fer et les lança aussi vite qu'elle le put. Une fée se jeta devant son roi, faisant le sacrifice de sa vie pour le protéger.

Buffy souffla doucement sur le tissu. Quelques secondes plus tard, des flammes s'élevèrent dans la lanterne.

— Non ! Ce n'est pas possible ! cria Elanaloral.

Une lumière vive jaillit de la gueule de l'ours, formant un cône jaunâtre dans l'obscurité. Une vague de chaleur frappa Buffy.

Les fées se précipitèrent tels des insectes attirés par une flamme. Elles rétrécirent jusqu'à n'être plus que de minuscules points brillants et plongèrent dans la lanterne.

Les Usurpateurs prirent conscience du danger et essayèrent de s'enfuir, mais la magie de la lanterne les attira dans le maelström de lumière.

Les vampires reculèrent, craignant de subir le même sort.

Aussi soudainement qu'elle était apparue, la lumière s'éteignit. La gueule de l'ours redevint noire, et le feu qui brûlait dans ses entrailles disparut. Buffy approcha une main : le métal était froid. Elle prit la lanterne par la poignée et se releva pour la montrer à tous les vampires.

— La chasse au trésor est terminée ! Je ne me séparerai pas de la lanterne, et si ça ne vous convient pas, il reste de la place à l'intérieur.

Malgré la fatigue qui menaçait de la terrasser, Buffy avait prononcé cette phrase avec un superbe détachement.

Les vampires grommelèrent et se regardèrent, cherchant un chef pour prendre une décision. Mais aucun ne se porta volontaire. Ils s'en allèrent à petits pas et se fondirent dans l'obscurité.

— Ça va, Buffy ? demanda Angel.

— Oui, répondit-elle.

Tous sortirent du bulldozer où ils étaient cachés.

— Nous avons expédié les fées là où elles ne pourront plus nuire et récupéré les enfants, dit Buffy. Je veux bien considérer ça comme une victoire…

— *C'est* une victoire, affirma Angel.

Il passa un bras autour des épaules de la jeune fille pour qu'elle s'appuie contre lui.

Malgré les coups et la fatigue, Buffy se sentit mieux quand Giles lui tendit un des bébés.

— Ils se sont réveillés, dit doucement l'Observateur. Au moment où la lumière de la lanterne commençait à s'éteindre…

Un sourire naquit sur les lèvres de Buffy quand elle regarda le petit visage rond de l'enfant. De petits yeux bruns la fixèrent. Le garçonnet mordillait son poing. De l'autre main, il agrippa l'index de Buffy.

— Ramenons ces bouts de chou chez eux, dit la Tueuse. Ils devraient être au lit depuis longtemps.

ÉPILOGUE

— Hutch n'est pas revenu au magasin de BD ? demanda Buffy.

Elle était assise sur une des tables de pique-nique qui entouraient l'espace de jeu du parc de Weatherly. Le Bal de Printemps du lycée de Sunnydale battait son plein. Et tant pis s'il se déroulait sans l'aval des autorités scolaires.

— Non, répondit Alex assis près d'elle, quand j'ai appelé, un employé m'a dit qu'un ami d'Hutch avait téléphoné pour l'avertir que son père était sur son lit de mort à Scranton et qu'il avait dû y aller.

— Alors, nous ignorons s'il est dans la lanterne ou s'il s'est fait tuer pendant le combat ?

— Exact. Et je doute que nous nous soyons débarrassés de tous les Usurpateurs.

— Voilà une idée qui fait froid dans le dos…

— Les gens que je fréquente doivent finir par influencer ma façon de penser, dit Alex, faussement sérieux. Comment vont les bébés ?

— J'ai appelé Maggie et elle m'a dit que Cory se portait à merveille. Elle a appelé les mères des autres enfants kidnappés pour avoir de leur nouvelles, ils n'ont aucun problème de santé.

La nuit précédente, après avoir quitté le parc, ils avaient conduit les bébés à l'hôpital et les avaient laissés devant l'entrée des urgences avant de téléphoner de la cabine la plus proche.

Les médias n'avaient pas évoqué les enlèvements des enfants et ils avaient expliqué la mort des vigiles de Baxter Gardiennage par l'attaque d'une « bête sauvage ». De nombreux parents n'approuvaient pas que le Bal ait lieu sur les lieux du drame, mais leur désapprobation avait rendu la fête encore plus séduisante.

Quand Hector Gallivan avait annoncé, sans plus de commentaires, qu'il renonçait à construire son centre de loisirs, les médias s'étaient livrés à d'innombrables hypothèses sur les raisons qui motivaient sa décision.

Buffy reconnut quelques journalistes télé venus interviewer les participants du Bal. Elle savait que leurs reportages seraient particulièrement racoleurs.

Et pourtant, ils seront encore loin de la vérité...

Oz et Willow les rejoignirent, des gobelets de punch et un plateau d'amuse-gueule à la main.

— Vous êtes en train de louper une super soirée, dit Willow.

Depuis que Tad avait retrouvé ses parents, son humeur était au beau fixe.

— Pas moi, dit Alex. Cordélia me racontera tout cent fois. Sans oublier le moindre détail. Qui portait quoi, qui était avec qui et pourquoi certaines personnes ne devraient jamais être invitées.

— Tout un programme ! fit Willow. Tu dois être impatient d'écouter son rapport.

Alex lui lança un regard noir.

— Autant que de me faire mordre par un chien enragé…

— On dirait que Cordy s'amuse bien, fit Oz en la regardant naviguer à travers la foule en décernant des bons et des mauvais « points de look » aux groupies qui l'accompagnaient.

— Oh, c'est sûr. Et moi, pendant ce temps, je n'existe plus… Enfin, je ne suis pas seul à faire tapisserie, Buffy m'accompagne.

La jeune fille soupira. Alex avait raison, elle avait attendu le Bal avec impatience, mais elle n'avait plus du tout envie de s'amuser.

— Tu n'as pas à faire tapisserie, souffla une voix qui la fit frissonner.

Elle se retourna et découvrit Angel, tout de noir vêtu, plus beau que jamais.

— Salut.

— Salut. Je… je n'aurais probablement pas dû venir. Pour tout dire, je pensais ne *pas* venir. Et puis j'ai changé d'avis…

— Je suis contente que tu sois là, fit Buffy.

Même si le voir lui faisait mal, car elle savait que rien, entre eux, ne pourrait plus jamais être comme avant…

Mais ne peuvent-elles pas le redevenir pour quelques heures ?

Elle se leva.

— Tu m'as dit que je n'avais pas à faire tapisserie, non ?

Il lui offrit sa main et lui demanda cérémonieusement, un sourire aux lèvres :

— Tu m'accordes une danse ?

— Rien au monde ne me ferait plus plaisir.

Elle se laissa conduire sur la piste. Quand Angel se pencha vers elle, elle se blottit dans ses bras.

Un court moment, la Tueuse connut la paix. Il n'y avait plus ni passé ni avenir. Seul comptait le présent.

TOUT Buffy EST AU FLEUVE NOIR

17 titres déjà parus
n rendez-vous par mois

olumes vendus entre € 4,57 (30 FRF) et € 5,34 (35 FRF)

14.
LE ROYAUME
DU MAL

15. LES FILS
DE L'ENTROPIE

LE QUIZ
POUR TOUT SAVOIR
SUR LA SÉRIE

16. SELECTION
PAR LE VIDE

17. LE MIROIR
DES TENEBRES

Imprimé en France sur Presse Offset par

BRODARD & TAUPIN

GROUPE CPI

La Flèche (Sarthe), le 22-12-2000

FLEUVE NOIR – 12, avenue d'Italie
75627 PARIS – CEDEX 13.
Tél. 01.44.16.05.00

Dépôt légal : janvier 2001
N° d'impression : 5460